Ein neuer Auftrag des Regenten...

Da der Diebstahl des Michelangelo des Regenten das Potenzial hat, einen internationalen Zwischenfall auszulösen, glaubt dieser, dass die beste Aussicht, ihn vor dem Weihnachtsabend wiederzubeschaffen, darin besteht, seine besten Ermittler herbeizurufen: Hauptmann Dryden und dessen Frau, Lady Daphne.

Cheryl Bolens Bücher

Regency-Liebesromane:

Reihe: Im Auftrag des Regenten
   Mit Der Hilfe Seiner Lady
   Eine äußerst diskrete Ermittlung
   Diebstahl vor Weihnachten
   Eine ägyptische Affäre

Reihe: *Die Bräute von Bath*
   Die Braut in Blau
   Mit seinem Ring
   Das Geheimnis der Braut
   Diesen Lord zu lieben
   Liebe in der Bibliothek
   Weihnachten in Bath

Reihe: Das Haus Haverstock
   Zufällig eine Lady
   Herzogin aus Versehen
   Irrtümlich Gräfin
   Zu Weihnachten verheiratet

Reihe: Beherzte Bräute
   Die falsche Gräfin
   Sein goldener Ring
   Hochzeitsnacht mit Hindernissen
   Miss Hastings abenteuerliche Fahrt nach London
   Weihnachten mit den Birminghams

Pride and Prejudice Sequels
  Miss Darcy's New Companion
  Miss Darcy's Secret Love
  The Liberation of Miss de Bourgh

My Lord Wicked
Christmas Brides (Three Regency Novellas)
A Duke Deceived

Romantic Suspense:

Falling For Frederick

Texas Heroines in Peril Series
  Protecting Britannia
  Murder at Veranda House
  A Cry In The Night
  Capitol Offense

World War II Romance:

It Had to Be You (Previously titled *Nisei*)

American Historical Romance:

A Summer To Remember (3 American Romances)

Diebstahl vor Weihnachten

(Im Auftrag des Regenten, Buch 3)

Cheryl Bolen

Übersetzung von Susanne Döring

Kapitel 1

Die karmesinrote Samtschachtel war viel schwerer, als Lady Daphne angenommen hatte, als Papa sie zuerst in ihre Hand gelegt hatte. Sie öffnete vorsichtig den Deckel und dort lag die vielleicht wunderschönste Halskette, die sie je (außer um einen königlichen Hals) gesehen hatte. Sie bestand aus drei wellenförmigen Reihen funkelnder Saphire, die in Gold gefasst und mit Diamanten abgesetzt waren.

„Sie haben dir die falsche Kette gegeben, Papa! Das sind keine Smaragde."

Seine buschigen Brauen zogen sich zusammen. „Passen sie nicht zu den Augen deiner Mutter?"

Die Augen ihrer Mutter waren blau. „Doch, in der Tat."

Er hob die Hände. „Da siehst du es. Habe die richtige Kette."

„Aber Papa, du hast mir eindeutig gesagt, dass du eine Smaragd-Halskette gekauft hättest."

Sein Blick huschte zu dem Geschenk, das er seiner Tochter zur Aufbewahrung gegeben hatte. „Sind das keine Smaragde?"

Daphne verdrehte die Augen. „Smaragde sind grün."

„Ich verwechsele immer blau und grün und Smaragde und Saphire. Aber ich kenne die Augenfarbe meiner Frau."

Und Daphne hatte den Verdacht, dass ihr Vater sehr unartig gewesen war. Wann immer er eine

Tändelei mit einer Opernsängerin hatte, bekam Mama die schönsten Schmuckstücke. Das breite Diamantarmband kam nach Dolly Farraday. Die Rubinhalskette nach der Schauspielerin Mrs. Davidson und das Ende seiner Affäre mit Maggie Lorne hatte Mama einen umwerfenden Smaragdring eingebracht.

All dies ließ Daphne den Wert ihres nicht aristokratischen Ehemannes und seiner puritanischen Ideen über Ehe und Treue hoch schätzen.

„Mama wird sie lieben. Ich wünschte, ich könnte dir zeigen, was ich für meinen liebsten Ehemann zu Weihnachten gefunden habe, aber ich habe es mit der Kutsche der Dienerschaft nach Addersley geschickt."

„Der Weihnachtsmorgen wird schnell genug da sein", sagte er.

„Miss Huntington", rief Lady Daphne, „Sie müssen kommen und sich die Saphirhalskette anschauen, die Papa für Mama zu Weihnachten gekauft hat."

Ihr Papa war direkt von Rundell & Bridge zum Haus seiner ältesten Tochter gekommen. „Was auch immer du tust, vergiss nicht, sie mit nach Addersley Priory zu bringen, wenn du und dieser Bursche zu Weihnachten kommt", sagte er.

„Papa, du sollst meinen Mann nicht *diesen Burschen* nennen. Er hat einen Namen." Aus dem Augenwinkel beobachtete Daphne Miss Huntingtons blonden Kopf, als sie in den Salon gerauscht kam.

„Es fällt mir verteufelt schwer, mich an seinen Namen zu erinnern. Ich will ihn immer Mr. Rich nennen."

Daphne wusste, dass es ihre eigene Schuld

war, wenn ihr Vater Schwierigkeiten mit Jacks Namen hatte. Sie fühlte sich elend schuldbewusst wegen der Art, wie sie ursprünglich ihren Vater wegen Jacks Identität hinters Licht geführt hatte. Niemand verabscheute Lügen so sehr wie sie - außer vielleicht ihr ehrenwerter Ehemann - aber sie hatte gelernt, dass sie bei geheimen Aufträgen des Prinzregenten gelegentlich zu einer fantasievolleren Gestaltung der Wahrheit Zuflucht nehmen musste.

„Oh, Mylord", sagte Miss Huntington, „das ist die schönste Halskette, die ich je gesehen habe. Lady Sidworth wird am Weihnachtsmorgen die glücklichste Frau im Königreich sein."

„Papa, du wusstest schon, dass Jack und ich Miss Huntington zu Weihnachten nach Addersley Priory mitbringen?"

Lord Sidworth schaute das Mädchen an, das ein halbes Dutzend Jahre jünger als Daphne war. „Wie schön, Miss Huntington. Ich bin besonders glücklich, da ich Ihren Eltern versprochen habe, dass ich mich um Sie kümmern werde, solange Ihr Vater in St. Petersburg stationiert ist." Er faltete die Hände. „Wie geht es ihren Eltern?"

„Kalt", sagte sie mit einem Kichern. „Die eisigen Winter sind eine fantastische Entschuldigung für Mama, sich eine Sammlung der schönsten Pelze zuzulegen.

Er lachte leise. „Ich erinnere mich daran, dass Lord Malmsey, als er nach seiner Dienstzeit als Botschafter in St. Petersburg zurückkam, eine gute Auswahl an Pelzmützen besaß."

„Die er in England nie mehr trug", fügte Daphne hinzu.

Die Tür zum Salon öffnete sich und Jack betrat das Zimmer. Noch nach all diesen Monaten war

Daphne jedes Mal, wenn sie die körperliche Perfektion des Mannes betrachtete, den sie geheiratet hatte, zutiefst beeindruckt. Es lag nicht nur an seiner Uniform - die, wie sie zugeben musste, ihm besser stand als jedem anderen Offizier der Husaren seiner Majestät. Doch, dachte sie mit rasendem Puls, war er ohne sie noch viel prächtiger. Farbe stieg ihr in die Wangen.

Er nahm seinen Hut ab und enthüllte modisch geschnittenes, dunkelbraunes Haar, das sein männliches Gesicht mit seinen glatten Flächen, dem kräftigen Kinn und der geraden Nase einrahmte. Er machte sogleich eine Verbeugung vor Lord Sidworth. „Ihr Diener, Sir." Dann sah er den anderen Gast an. „Guten Tag, Miss Huntington."

Daphne ging ihm forsch entgegen und platzierte einen lauten, dicken Kuss auf seiner Wange. „Hallo, Liebling."

Ihre offen gezeigte Zuneigung brachte den armen Jack immer in Verlegenheit. Aber diesen einen Zug der Schüchternheit glich er aus, wenn er sie jede Nacht voller Verlangen liebte. Sie errötete wieder bei der Erinnerung daran, was für ein meisterhafter Lehrer er in ihrem Schlafzimmer war.

Sie sah lächelnd in sein Gesicht. „Es ist schon alles für Addersley gepackt. Die Kutsche der Diener ist bereits vor einer Stunde abgefahren."

Er räusperte sich. „Ich frage mich, ob in unserer Kutsche Platz für eine Person mehr ist?" Dann wanderte sein Blick zu seinem Schwiegervater. „Ich dachte, ein weiterer Gast würde Sie nicht stören, Mylord, da Addersley so riesengroß ist."

Lord Sidworth schüttelte rasch den Kopf. „Nein, natürlich nicht. Schließlich ist Weihnachten. Gerade zu dieser Jahreszeit lasse ich gerne andere an meinem Glück teilnehmen."

Daphne zog die Brauen zusammen, als sie ihren Mann anschaute. „An wen denkst du?"

„Oberst Bond."

Sie verstand sofort. Jack gefiel der Gedanke nicht, dass sein Freund zu Weihnachten allein sein würde. Der Oberst - der noch immer Junggeselle war, obschon er die Vierzig erreicht hatte - hatte keine Familie. „Es tut mir leid, dass ich nicht selbst daran gedacht habe, ihn einzuladen."

„Gut. Ich schreibe ihm eine kurze Nachricht. Das könnte unseren Aufbruch verzögern."

„Es wird uns nicht schaden zu warten." Daphne wandte sich wieder ihrem Vater zu. „Aber du bist spät dran. Ich weiß, dass Mama auf dich wartet. Sie hatte gehofft, bereits heute Morgen fahren zu können."

Sie begleitete ihren Vater zur Tür, und als sie diese erreichten, bot sich ihnen ein seltsamer Anblick. Einer von zwei königlicher Kurieren wollte gerade klopfen.

Ihr Vater wirbelte zu ihr herum. „Es sieht aus, als ob der Prinzregent wieder die Hilfe deines Mannes benötigte."

„Und wenn dem so ist, geht dich das nichts an. Du weißt, dass wir zu strengster Verschwiegenheit verpflichtet sind." Sie hob die Schultern. „Aber ich schätze, seine Königliche Hoheit möchte uns nur alles Gute zu Weihnachten wünschen."

Ihr Vater stieg die Stufen zu seiner wartenden Kutsche hinab, als einer der livrierten Kuriere, der einen Brief mit dem königlichen Siegel trug, sie ansprach. „Seine Königliche Hoheit hat uns beauftragt, dies Hauptmann Dryden und Lady Daphne Dryden zu überbringen, und wir sollen auf Antwort warten."

Sie bat ihn herein. Jetzt war es vor allem wichtig, dass Miss Huntington den Salon verließ. Was auch immer der Regent wollte, es war vermutlich eine vertrauliche Angelegenheit, von der niemand zu wissen brauchte. „Wenn Sie kurz im Frühstückszimmer warten würden, hole ich den Hauptmann."

Sie ging in den Salon zurück. „Miss Huntington, darf ich sie um einen großen Gefallen bitten?"

Das liebe Mädchen, das eher unscheinbar und während der beiden vergangenen Saisons in London nicht *angekommen* war, schaute sie an. „Was Sie wünschen, Mylady."

„Könnten Sie Jacks Brief an den Obersten überbringen? Sein Haus ist nicht mehr als zehn Minuten zu Fuß von hier entfernt."

Die junge Dame sah etwas verwirrt aus.

Daphne zuckte mit den Schultern. „Alle unsere Diener sind bereits nach Addersley Priory abgereist." Außer Andy - den Jack und Daphne vielleicht brauchen würden, wenn sie nach Carlton House fahren mussten, um sich mit ihrem Herrscher zu treffen.

Jack wirkte ebenfalls verwirrt, als er den Brief zusammenfaltete, adressierte und durchs Zimmer kam, um ihn Miss Huntington auszuhändigen.

Die Dame las die Adresse. „Oh, er wohnt also in der Vauxhall Bridge Road."

„Ich sagte Ihnen ja, dass es nicht weit wäre."

„Möchten Sie, dass ich auf Antwort warte?", fragte die Dame.

Das könnte eine gute Idee sein - falls der Prinzregent sie zu sich rief. So würde Miss Huntington länger aufgehalten werden. „Wie lieb von Ihnen, das anzubieten. Es wäre überaus freundlich."

Nachdem die Dame ihren Hut und den schweren Wollumhang angelegt hatte und gegangen war, führte Daphne ihren Mann ins Morgenzimmer. „Der Regent hat seine Kuriere geschickt."

Jack schnitt eine Grimasse. „Hoffen wir, dass es nichts ist, was unsere Fahrt nach Addersley verhindert."

Daran hatte sie nicht gedacht. In ihren fünfundzwanzig Jahren hatte sie noch nie ein Christfest mit ihrer Familie in Addersley Priory versäumt.

Als Jack das Morgenzimmer betrat, erhoben sich die beiden Männer und salutierten.

Sie liebte es zu beobachten, wenn er als Vorgesetzter auftrat. Mit ernstem Gesicht neigte er leicht den Kopf, ging zu dem Husaren hinüber, der den Brief hielt, nahm diesen und öffnete ihn. Nachdem er ihn überflogen hatte, sagte er: „Er ist an uns beide gerichtet, Liebes."

Sie trat neben ihn und riskierte einen Blick. Die Unterschrift des Prinzen - oder doch eine verkürzte Version davon - war unten zu sehen und oben das geprägte königliche Wappen.

Meine liebe Lady Daphne, lieber Hauptmann Dryden,

Ich möchte Sie bitten, mich so bald wie möglich in Carlton House aufzusuchen. Es ist etwas geschehen, das dringend Ihrer speziellen Fähigkeiten bedarf. Ich muss Ihnen nicht sagen, dass wieder Ihre völlige Verschwiegenheit erwartet wird."

* * *

Miss Charlotte Huntington klopfte an die glänzend schwarze Tür des kleinen, doch stattlich wirkenden Hauses, wo Oberst Bond wohnte. Einen Moment später wurde die Tür von einem Diener geöffnet.

„Hauptmann Dryden hat gebeten, dass ich Ihrem Herrn diesen Brief bringe - und auf Antwort warte." Sie wusste, dass ihre kultivierte Stimme den Diener darauf aufmerksam machen würde, dass sie kein leichtes Mädchen, sondern eine Dame aus gutem Hause war.

„Bitte, Madam, treten Sie doch ins Morgenzimmer ein, während ich dem Oberst den Brief übergebe."

In diesem Morgenzimmer setzte sie sich auf einen gemütlichen Sessel, der mit scharlachrotem Samt bezogen war und begann, sich im Raum umzusehen. Es war sofort offensichtlich, dass Mrs. Bond sich nicht mit hübschem Innendekor befasste. Die Vorhänge des Zimmers waren vermutlich einmal rot gewesen, waren aber zu einem blassen Rosa verblichen. Die Möbel mischten verschiedene Perioden - aber nicht auf schöne Art. Da gab es einen zierlichen, vergoldeten Tisch, der sehr französisch wirkte, neben einem dunklen, massigen Tudorschreibtisch, der in die hintere Ecke des Raums gequetscht war.

Auf dem Tisch neben ihr lag ein aufgeschlagenes Buch mit dem Rücken nach oben. Sie musterte es. Es trug den Titel: *Die Schlacht von Blenheim.* Es gehörte offensichtlich dem Oberst.

Die Tür öffnete sich und sie sah auf, wo sie einen Mann erblickte, dessen komplette Uniform ziemlich wie Hauptmann Drydens ausschaute, aber dieser unglückliche Mann könnte seinem Freund, was das Aussehen anbetraf, nie das Wasser reichen. Nicht, dass irgendjemand dazu in der Lage gewesen wäre. Jeder erkannte an, dass Hauptmann Dryden der bestaussehende Mann im Königreich war.

Trotz seines außergewöhnlich guten Aussehens hatte Miss Huntington nie Absichten auf Hauptmann Dryden gehabt, als er noch ein Junggeselle war, was ja bis vor ein paar Monaten der Fall gewesen war. Er war immer schon in Lady Daphne vernarrt gewesen, die vielleicht die netteste und interessanteste Person war, die Charlotte je getroffen hatte - auch wenn sie etwas unkonventionell war.

Erstaunlicherweise stockten die Schritte dieses Offiziers und er erstarrte in der Tür. Seine Augen wurden groß und er hatte einen verwirrten Ausdruck auf dem Gesicht. Er machte keine weiteren Anstalten, das Zimmer wirklich zu betreten. „Verzeihung, ich hatte noch nicht die Ehre, Ihnen vorgestellt zu werden. Ich bin Oberst Hugh Bond." Noch immer rührte er sich nicht.

Offensichtlich hatte der Oberst erwartet, entweder Hauptmann Dryden oder Lady Daphne vorzufinden statt einem neunzehnjährigen Fräulein. Es war ebenso offensichtlich, dass er nicht den Wunsch hatte, allein in einem Zimmer mit ihr zu sein. Was absolut albern war. Wie, dieser Mann war doch alt genug, um ihr Vater zu sein. Natürlich war sein Haar nicht grau wie das ihres Vaters und sein Bauch war beträchtlich flacher als Papas.

Es war ja auch nicht so, dass sie vorhatte, sich unpassend mit einem alten Mann wie ihm einzulassen. (Nicht, dass sie je Gelegenheit gehabt hätte, sich mit *irgendeinem* Mann unpassend einzulassen. Jung. Alt. Gutaussehend. Hässlich. Niederen Standes. Höheren Standes. Umso schlimmer. Kein Mann hatte sich je mit ihr abgeben wollen - passend oder unpassend.)

Sie erhob sich und trat auf ihn zu. „Ich bin Miss Charlotte Huntington. Meine Eltern sind eng mit Lady Daphnes Familie befreundet. Sie bat mich, Ihnen diesen Brief des Hauptmanns zu überbringen."

Er nahm den Brief, entfaltete ihn und las schnell den Inhalt, um dann nickend zu ihr aufzuschauen. „Bitte teilen Sie Hauptmann Dryden mit, dass ich mich freue, nach Addersley Priory eingeladen zu werden. Ich werde mich geehrt fühlen, Weihnachten mit Lord Sidworths Familie zu verbringen. Wann reisen sie ab?"

„Wir wollen abfahren, sobald Sie fertig sind."

Seine Brauen hoben sich. „Sie sind auch Teil der Gesellschaft?"

„Ja, meine Eltern sind diesmal Weihnachten in Russland."

Seine Augen wurden rund. „Sagen Sie nicht, dass Ihr Vater Sir Richard Huntington ist, der Botschafter!"

Es freute sie immer, wenn jemand erkannte, wer ihr Vater war. Sie lächelte freundlich. „In der Tat, das ist er. Kennen Sie ihn?"

„Ich war in Den Haag stationiert, als er mit einem diplomatischen Auftrag dort war." Er schaute zur Vordertür. „Mein Diener sagte mir, Sie wären nicht in einer Kutsche gekommen?"

„Ihr Diener hat recht."

„Dann müssen Sie mir erlauben, Sie in der meinen zum Haus der Drydens zurückzubringen. Wenn Sie nur einen Moment warten würden, bis mein Diener eine Tasche gepackt hat."

„Vielen Dank, Oberst." Sie hatte sich beim Gang durch Chelsea nicht so sicher gefühlt wie in der viel netteren Nachbarschaft von Mayfair, wo ihre Eltern sonst wohnten. Sie fragte sich, ob es Lady Daphne je gestört hatte, dass nicht nur ihre gesellschaftliche Stellung gesunken war, als sie den gutaussehenden Hauptmann heiratete, sondern auch der Status ihrer Wohngegend.

„Sehr gut", sagte er. „Ich werde gehen, und alles veranlassen."

Erst da kam es ihr in den Sinn, dass es keine Mrs. Bond gab. Der Oberst musste ein Junggeselle sein. Was hieß … oh nein! Sie konnte spüren, wie sie jede Farbe aus dem Gesicht verlor. Mama hätte sicher der Schlag getroffen, wenn sie gewusst hätte, dass Charlotte das Haus eines unverheirateten Mannes ohne die Begleitung einer Anstandsdame betreten hatte.

* * *

Jack war seit jenem ersten Tag, an dem er direkt von der Halbinsel gekommen war und sich vorkam wie ein Fisch auf dem Trockenen, überzeugt, dass die geheimnisvolle Einladung durch einen Fehler zustande gekommen war, viele Male in Carlton House gewesen. Inzwischen war er nicht nur ein häufiger Besucher der Londoner Residenz des Prinzregenten geworden, sondern hatte auch dessen exotischen Pavillon in Brighton kennengelernt. Jetzt wurde Jack von vielen der Leibgardisten erkannt, die die Häuser des Herrschers bewachten. Und inzwischen hatten der Regent und er eine seltsame Partnerschaft entwickelt.

Vor einem Jahr hätte Jack nie geglaubt, dass er, ein bloßer Hauptmann der Husaren - was er damals war - und der zweite Sohn eines Landedelmanns, ein Vertrauter des Regenten werden könnte. Nicht nur ein Vertrauter, sondern jemand, den der Regent wirklich brauchte.

Obwohl Jack darauf vorbereitet war, den Brief des Regenten den Wachen, die die Tore von Carlton House bewachten, vorzulegen, salutierten diese vor Jack und winkten ihn und Daphne durch. Das klassizistische *House* war sehr viel größer als die Häuser, an die Jack gewöhnt war. Er und seine Frau schritten über Böden aus Granit, der so poliert worden war, dass er aussah, als wäre er mit Glas überzogen, und näherten sich einem Paar symmetrisch geschwungener Treppen mit römischen Geländern, die sie zu den Räumen des Regenten führen würden.

Bevor sie die Treppen erreichten, sprach ein anderer Leibgardist sie an. „Seine Königliche Hoheit bittet darum, dass Hauptmann und Mrs. Dryden in seinen privaten Salon kommen möchten. Ich werde Ihnen den Weg zeigen."

Wie die anderen Soldaten, die speziell ausgewählt waren, um im prestigeträchtigsten Gebäude der Hauptstadt Dienst zu tun, war der Mann groß und gutaussehend. Nicht, dass Jack besonders darauf achtete, wie Männer aussahen, aber der Regent - obwohl er absolut heterosexuell war - war für seinen Sinn für Ästhetik bekannt. Alles um ihn herum musste von bester Qualität sein und den schönst möglichen Anblick bieten. Seine Verschwendung war immer eine Quelle der Entrüstung für das Parlament gewesen, das ihm durch die Zivilliste Mittel zuweisen musste.

„Liebster", sagte Daphne, „warst du schon einmal im Salon des Regenten?"

„Nein. Du?" Sie begannen, auf den Fersen des jugendlichen Soldaten die Stufen hinaufzugehen.

„Einmal. Bevor ich dich kennenlernte."

Zwei weitere uniformierte Wachen standen auf beiden Seiten der weißen, zweiflügeligen Tür zu dem Salon im zweiten Stock. Als diese Türen aufschwangen, war das erste, was Jack bemerkte, dass der Regent auf einem breiten Sessel saß, der einem bescheidenen Thron ähnelte. An diesem Tag trug er keine Uniform - wofür Jack dankbar war. Jack war immer stolz auf seine Uniform gewesen, aber den voluminösen Herrscher zu sehen, wie er in eine solche hineingequetscht war, die seiner eigenen ähnelte - auch wenn sehr viel mehr Metall daran baumelte - minderte dieses Gefühl.

An diesem Tag trug der Prinzregent einen makellos geschneiderten schwarzen Rock über einem eleganten, elfenbeinfarbenen Leinenhemd und frisch gestärkter Krawatte. Seine seidene Weste war purpurrot. Der Unterkörper des Regenten war etwas von einem Tisch verdeckt, der ein paar Fuß vor ihm stand.

Als Jack seinen aufgeblähten Herrscher anschaute, ertappte er sich, dass er überlegte, ob der Mann eine Perücke trüge. Warum war sein kupferblondes Haar nicht ergraut, obwohl er schon über fünfzig Jahre alt war?

Eine Reihe hoher Fenster ließen mehr Licht in diesen weißen Raum, als Jack je in Carlton House erlebt hatte. Selbst an einem grauen Wintertag wie diesem wirkte das Zimmer relativ hell und freundlich.

Es war auch elegant mit französischen Möbeln

ausgestattet.

Er und Daphne näherten sich ihrem Herrscher, Jack machte eine Verbeugung, seine Frau einen Knicks.

„Nett, dass Sie gekommen sind", murmelte der Regent.

Als ob wir eine Wahl hätten. Jack stand weiter stramm da.

„Bitte, Lady Daphne, Hauptmann Dryden, ich möchte, dass Sie sich setzen."

Daphne ging zu einem Sofa, das grün mit seidigen, goldfarbenen Streifen gepolstert war und setzte sich, Jack nahm neben ihr Platz.

Dem verstörten Ausdruck auf dem Gesicht des Regenten nach zu schließen, wusste Jack, dass dies einer der Besuche war, bei dem er den Auftrag erhalten würde, ein Problem zu lösen, dem der Herrscher sich gegenübersah. „Wie können wir Ihrer Königlichen Hoheit helfen?", fragte Jack.

„Das ist verdammt so schlimm wie irgendetwas, bei dem ich Sie je um Hilfe gebeten habe." Der Blick des Regenten schweifte von Jack zu Daphne. „Ich werde Sie beide und alle Klugheit, die Sie besitzen, brauchen."

„Wir stehen zu Ihrer Verfügung", sagte Daphne energisch.

Jack schwieg. Dies zu bestätigen, hätte bedeutet, dass er sich für klug hielt, und selbst, wenn er das täte, war es nicht seine Art, sich selbst anzupreisen.

Wie konnte dieses Problem des Regenten größer sein als frühere? Das erste Mal hatte er dem Regenten geholfen, als dessen Leben bedroht wurde. Beim nächsten Mal wäre das Königreich selbst in Gefahr gewesen, hätten Jack und

Daphne nicht Verräter in sehr hohen Positionen entlarven können.

„Ich habe die ganze Nacht nicht geschlafen", gestand der Regent.

Das war ihm anzusehen.

Der Regent seufzte. „Ich sehe zwar nicht, wie irgendjemand mich aus dieser schrecklichen Lage retten könnte, aber wenn jemand das vermag, weiß ich, dass Sie beide das sind. Das Elend ist, dass nicht nur ich in riesige Schwierigkeiten kommen werde. Ich habe vielleicht das ganze Land in Gefahr gebracht."

„Ich weiß, dass Königliche Hoheit niemals unser Land in Gefahr bringen würden." Jack musste einen beruhigenden, vernünftigen Einfluss ausüben. „Vielleicht sollten Sie einfach ganz vorn anfangen, Königliche Hoheit."

Der durchdringende Blick des Regenten traf Jacks, und er nickte. „Wie Sie wissen, ist es lebenswichtig für uns, Spanien als Verbündeten zu behalten."

Jack nickte. „Allerdings."

„Vor vier Jahren schenkte der spanische König mir eine unbezahlbare Statue. Es heißt, sie wäre das Modell einer größeren Skulptur, die Michelangelo von der Heiligen Jungfrau und dem Kind hätte schaffen wollen. Da die größere nie ausgeführt wurde, scheint es, dass die kleinere Version dadurch zu einem Objekt unschätzbaren Werts geworden ist."

„Wie klein ist sie?", fragte Daphne.

Die pummeligen, ringgeschmückten Hände des Regenten zeigten einen Abstand von ungefähr einem Fuß, in die Höhe und in die Breite. „Etwas über einen Fuß hoch und breit."

Mit einem mitfühlenden Blick auf ihrem

Gesicht nickte Daphne. „Aus was ist sie gemacht?"

„Alabaster."

Jack war nicht sicher, dass er tatsächlich wusste, was Alabaster war. Er hatte sich nie für Kunst interessiert, aber seine vielseitig begabte Frau würde in der Lage sein, ihm später zu erklären, was Alabaster war. Seine Gedanken rasten bereits weiter - Jack befürchtete, dass der Regent ihnen erzählen würde, dass er oder ein Mitglied seines Personals die verdammte Statue zerbrochen hätte. Dachte der hoffnungsvolle Mann wirklich, Jack und Daphne könnten eine zerbrochene Statue wiederherstellen?

„Fahren Sie doch fort", sagte Daphne.

„Es war ein besonders großzügiges Geschenk und wurde in der Art überreicht wie ein Vertrag zwischen unseren beiden Nationen."

Ein ernster Ausdruck huschte über Daphnes Gesicht. „Das hört sich tatsächlich sehr großzügig an."

„Kurz und knapp, die Geschichte ist die, dass der Michelangelo letzte Nacht gestohlen wurde und ich heute Morgen einen vertraulichen Brief meines deutschen Cousins erhielt, der einem gewissen Spanischen Beamten nahesteht, der meinem Cousin erzählt hat, dass in der spanischen Königsfamilie das Gerücht umgeht, ich hätte den Michelangelo verkauft."

Jacks Augen weiteten sich. „Lieber Gott, das wäre katastrophal."

„Und wie es sich trifft", fuhr der Regent fort, „kommt der spanische König zu Weihnachten hierher. Aus einer Laune heraus hatte ich ihn vor einiger Zeit eingeladen und ihm gesagt, ich würden den Michelangelo in die Mitte all meiner

Yulfestlichkeiten stellen - aus offensichtlichem Grund. Und es ist wirklich eine ganz besondere Art, ein Zimmer zu dieser Jahreszeit zu schmücken."

„Und durch seine Geschichte ist das Stück natürlich absolut unersetzlich", sagte Daphne mit einer Falte zwischen ihren Brauen; ihre Brille rutschte auf ihrer Nase hinab und ihre Stimme war voller Groll.

„Wollen Sie sagen, dass jemand in der letzten Nacht in dieses Haus eingebrochen ist, während Sie schliefen?" Jack verstand nicht, wie das hatte passieren können, so gut, wie Carlton House immer bewacht wurde.

Der Regent schüttelte mit ernstem Blick den Kopf. „Nein, so nicht. Es wurde direkt unter unserer Nase aus eben diesem Zimmer gestohlen - das zufällig mit mehr als zwanzig Leuten gefüllt war. Und keiner von uns sah, wie es passierte."

Kapitel 2

Als Miss Charlotte Huntington und der Oberst am schmalen, dreistöckigen Haus der Drydens, das in einer ruhigen Straße von Chelsea zwischen zwei anderen versteckt lag, ankamen, stellte sie überrascht fest, dass Lady Daphne und ihr Ehemann verschwunden waren. Nachdem sie beträchtliche Zeit geklopft hatte, öffnete Charlotte selbst die Tür.

„Die Diener der Drydens sind bereits nach Addersley Priory vorausgefahren", erklärte sie dem Oberst. „Ich schätze, es ist in Ordnung, wenn wir einfach hineingehen."

Beide standen in der kleinen Eingangshalle und lauschten auf Geräusche, die darauf hinweisen könnten, dass noch jemand dort wäre.

Oberst Bond rief: „Hauptmann Dryden?"

Keine Antwort.

Der Oberst schaute sie an und sie zuckte die Schultern. „Ich vermute, sie mussten ausgehen. Ich bin sicher, dass sie gleich zurück sein werden."

„Stand die Kutsche hier - vor dem Haus - als Sie es verließen? Ich dachte, Sie sagten, es wäre alles zur Abfahrt nach Addersley bereit gewesen."

„Ja, in der Tat. Sie stand vor dem Haus. Ich kann mir nicht vorstellen, warum sie nicht hier sind. Sie waren beide zur Abreise bereit und die Kutsche war hoch mit Gepäck beladen."

Der Oberst räusperte sich. „Ich denke, wir können uns genauso gut einen Platz suchen, wo wir auf ihre Rückkehr warten können."

„Gehen wir ins Morgenzimmer." Sie ging durch die getäfelte Halle zu dem einzigen Zimmer des kleinen Hauses, das vom Erdgeschoss auf die Straße hinaussah. Daphnes herzogliche Schwester hatte diesen Raum als Hochzeitsgeschenk für ihre Schwester eingerichtet, als die Drydens ein paar Monate zuvor geheiratet hatten.

Das Zimmer sah für ein so kleines Haus in einer Straße von Chelsea, der es an Renommee mangelte, viel zu elegant aus. Jedes der hohen Fenster des Zimmers war mit seidenen Vorhängen in königsblau drapiert und ein gemusterter Teppich im gleichen Königsblau war mit goldenen Sternen geschmückt.

Ein mehrstufiger, vergoldeter Tisch stand zwischen den Fenstern mit zwei vergoldeten, in blaue und goldene Seide gehüllten Stühlen zu beiden Seiten. Miss Huntington und der Oberst setzen sich auf diese Stühle.

Mama hatte Charlotte immer eingeschärft, dass sie nie und unter keinen Umständen je allein mit einem Mann im Haus sein dürfte. Sie hatte ihrer Tochter auch eingeschärft, dass alle Männer (mit Ausnahme von Mr. Huntington) gemeine, lüsterne Geschöpfe wären, denen nicht zu trauen war. Charlotte warf dem Offizier, der nur ein paar Fuß von ihr entfernt saß, einen verstohlenen Blick zu.

Bis jetzt benahm er sich absolut wie ein Gentleman. Selbst wenn er eines dieser gemeinen, lüsternen Geschöpfe war, vor denen Mama sie gewarnt hatte, würde er nicht versuchen, ihr etwas anzutun, wenn sein Freund und Kamerad Hauptmann Dryden jeden Moment durch diese Tür hereinkommen könnte.

„Und, Miss Huntington, führen Sie eine regelmäßige Korrespondenz mit Ihren Eltern?"

„Ja."

Beide saßen sie schweigend dort. Ihr wurde klar, dass der Mann neben ihr versuchte, höfliche Konversation zu machen und ihre einsilbige Antwort in keiner Weise hilfreich war. „Dies ist ihr erster Winter dort und Mama hat das starke Verlangen ausgedrückt, nach England zurück zu fliehen."

Er lachte leise.

„Waren Sie je in St. Petersburg, Oberst?"

„Nein. Und Sie?"

„Noch nicht." Sie wusste, wie enttäuscht ihre Eltern waren, dass sie es nach zwei Saisons nicht geschafft hatte, einen einzigen Verehrer anzuziehen. Es war nur eine Frage der Zeit, bis Mama und Papa diese alte Jungfer, ihre Tochter, auffordern würden, mit ihnen im eiskalten St. Petersburg zu leben. „Sie hatten den Wunsch, dass ich für die Saison in London bleiben sollte. Ihre vielen Freunde waren äußerst gastfreundlich und haben mich aufgenommen."

Inzwischen würde dem Obersten klar geworden sein, dass ihre Saison nicht erfolgreich gewesen war und er würde sie bemitleiden. Was furchtbar peinlich war. Wenn sie die Feiertage zusammen verbringen würden, wäre es jedoch unmöglich, ihm ihr Unglück zu verschweigen.

„Der Hauptmann und Lady Daphne sind die nettesten Menschen, die ich kenne", fuhr sie fort.

„Wir sind gesegnet, sie als Freunde zu haben, nicht wahr, Miss Huntington?"

„In der Tat, wir haben großes Glück."

Wieder breitete sich die Stille zwischen ihnen wie eine kratzige Decke aus. Sie konnte spüren, dass er sich genauso verlegen fühlte wie sie. „Ich schätze, ich werde hinreisen müssen, um mit Mama und Papa zu leben, aber ich freue mich nicht darauf", sagte sie schließlich.

„Das kann ich verstehen, Miss Huntington. Es ist für Ihren Vater einfacher, da er einen Grund hat, dort zu sein, und als Botschafter hat er eine würdige Stellung inne."

Sie nickte. „Er denkt, wenn er seine Pflichten in St. Petersburg hervorragend erfüllt, könnte er eines Tages eine der besseren Stellungen bekommen."

„Was leider Paris und Neapel zu sein pflegten. Bevor dieser verrückte Korse auftauchte."

„Dieser abscheuliche Krieg kann doch sicher nicht ewig dauern."

„Wir haben Glück, dass Spanien und Portugal unsere Verbündeten sind."

„In der Tat."

„Hoffentlich können diese drei Nationen - zusammen mit Russland und Preußen - den Eroberer besiegen."

„Das müssen wir." Sie überlegte, ob es ihren Begleiter störte, in England stationiert zu sein. Die meisten Soldaten wollten dort sein, wo die Gefahr am größten war. Lady Daphne sagte, dass Hauptmann Dryden liebend gerne auf die Halbinsel zurückkehren würde, wenn es nicht der besondere Wunsch des Regenten wäre, dass ihr Ehemann in London bliebe. Charlotte hatte sich oft gefragt, ob der Befehl des Regenten es Lady Daphne ersparen sollte, Witwe zu werden. Der Regent mochte sie wirklich *sehr* gerne.

„Ich habe großes Vertrauen in Wellington", sagte der Oberst.

„Das ist sehr beruhigend - wenn es von einem

so erfahrenen Offizier wie Ihnen kommt." Oh, oh. Würde er beleidigt sein, denken, dass sie ihn für alt hielt? Vielleicht wünschte er, jünger zu wirken als er den Jahren nach war. Was sie dazu brachte zu versuchen, sein Alter zu schätzen. Ihr erster Eindruck war gewesen, dass er im gleichen Alter war wie ihr Vater ... und das wäre? Nun, sie war neunzehn und Papa war bei ihrer Geburt dreißig gewesen, so dass er jetzt neunundvierzig war. Nein, dieser Mann war nicht so alt wie Papa.

Sie ließ einen hoffnungsvollen Blick in seine Richtung huschen. Oberst Bond war vielleicht ein Jahrzehnt jünger als ihr Vater. Was trotzdem noch recht alt war.

Vielleicht war der Grund, dass sie ihn innerlich auf eine Stufe mit ihrem Vater gestellt hatte, seine Größe gewesen - ein wenig unter sechs Fuß - ebenso wie Papas. Obwohl er erheblich kleiner war als Hauptmann Dryden, war die Gestalt des Obersten der des Hauptmanns ähnlich. Beide Offiziere schienen schlank, aber stark zu sein. Wie Panther. Beide Männer hatten auch dunkles Haar.

Das unangenehme Schweigen zog sich.

Sicher war sie nicht so einfältig, dass ihr kein einziges Thema einfiele, über das sie sich unterhalten könnten. Er hatte die früher so glänzenden Hauptstädte des Kontinents erwähnt. „Waren sie je - vor dem derzeitigen Krieg natürlich - in Paris oder Neapel?", fragte sie.

Er nickte. „Ich hatte das Vergnügen, diese beiden Städte besuchen zu können." Seine langen, dunklen Wimpern senkten sich. „Ich war so glücklich, in Neapel zu sein, als Lord Nelson dort war."

Sie hatte nie jemanden kennengelernt, der den

großen Seehelden tatsächlich gekannt hatte. „Haben Sie ihn kennengelernt?"

„Nein, aber ich sah ihn, als er vom Schiff ging. Viele von uns haben ihn förmlich mit den Augen verschlungen. Das war kurz nach der Schlacht am Nil."

Sie nickte düster. „Papa ließ mich mit ihnen und Lady Jersey zum obersten Stockwerk von Childes Bank kommen, um seinen Trauerzug die Themse hinab anzuschauen. Ich war zwölf und vergoss genug Tränen für ein ganzes Leben."

Er lachte leise. „Wie, Sie sind ja noch ein Baby, wenn Sie 1806 erst zwölf waren!"

Sie riss ihre Augen auf. „Sie dachten, ich wäre älter?"

Er zuckte mit den Schultern.

Ihr wurde plötzlich klar, warum er keine weitere Bemerkung zu diesem Thema machen würde. Sie wussten beide, wie unpassend es war, dass sie hier zusammensaßen. Ohne Anstandsdame. Wie konnte Lady Daphne sie nur aus dem Haus geschickt haben - und sie gebeten haben, auf Antwort zu warten - wo sie doch wusste, dass er Junggeselle war?

Miss Charlotte Huntington betete, dass ihre Mutter nie von dieser Indiskretion erfahren möge.

„Also ist dies Ihr erster Weihnachtsfest fern von Ihren Eltern?"

Sie nickte.

„Ich sollte jetzt galant sein und sagen, dass ich es Ihrem Vater - der überaus freundlich zu mir war - schulde, zu Weihnachten seinen Platz zu übernehmen, aber ich fürchte doch sehr, dass ich keine Ahnung von väterlichen Pflichten habe."

Sie hoffte, dass das nicht hieß, seine Begabung ginge in dieselbe Richtung, von der Mama sagte, dass es bei den meisten Männern der Fall wäre. Laut Mama hatten Männer das gewaltige Verlangen, ... ihren Samen zu verstreuen. Bei dem bloßen Gedanken daran stieg ihr die Röte in die Wangen.

Seit einigen Jahren hatte Mama sie schon vor dem abscheulichen, lüsternen Geschlecht gewarnt, das alles tun oder sagen würde, um unter die Röcke einer Dame zu gelangen.

Miss Huntington hatte sich gefragt, was unter diesen Röcken abscheuliche, lüsterne Geschöpfe derart anzog. Diese Frage wurde höchst unelegant beantwortet, als sie in Miss Huffdon-Bingleys *Schule für Junge Damen* geschickt wurde. Es war erstaunlich, wie viele Geheimnisse des Lebens in einem Schlafsaal von kichernden Mädchen spät in der Nacht enthüllt werden konnten. Miss Huffdon-Bingley wäre entsetzt gewesen, hätte sie je den nächtlichen Gesprächen ihrer Schülerinnen gelauscht.

Sie hörte das Klappern von Hufen auf der Straße draußen - was in dieser bestimmten Straße ein eher seltenes Ereignis war. Einen Kutscher und Pferde in einem Mietstall zu halten, war eine sehr kostspielige Angelegenheit, und ging weit über das Vermögen der meisten von Daphnes schäbig-vornehmen Nachbarn hinaus. Charlotte sprang auf und spähte aus dem Fenster. „Das sind sie nicht", verkündete sie, Enttäuschung klang aus ihren Worten.

„Ich frage mich, wo sie sein können?"

„Es ist sehr rätselhaft."

„Ein Jammer, dass ich meine Kutsche weggeschickt habe."

„Ja, allerdings."

Der Nachmittag wurde immer dunkler und um

vier Uhr brach die Nacht herein. Und noch gab es kein Zeichen von Lady Daphne und Hauptmann Dryden.

Der Oberst stand auf und schaute sie an. „Ich fürchte, sie haben uns vergessen, Miss Huntington."

„Ich kann es nicht glauben, aber Sie müssen recht haben ... wenn ihnen nicht etwas Furchtbares zugestoßen ist."

„Das wäre eine Möglichkeit. Es sieht Dryden *gar* nicht ähnlich, so vergesslich zu sein."

Jetzt stand sie auf. „Wir müssen nach ihnen suchen!"

„Meine liebe junge Dame, ich kann nicht zulassen, dass Sie bei Nacht in den Straßen von Chelsea herumlaufen. Das ist viel zu gefährlich. Sicher haben Sie von den Straßenräubern gehört, die Ihnen wegen eines Schillings den Hals durchschneiden würden."

„Es kann nicht so weit bis zu Ihrem Stall sein, und mit einem starken - bewaffneten - Mann wie Ihnen zu meinem Schutz weiß ich, dass ich so sicher sein werde wie im Salon meines Vaters."

Einen Moment lang betrachtete er sie düster. „Da ist noch das ... äh, das Problem, dass es sehr unpassend für Sie ist, mit mir ohne Anstandsdame allein in einer Kutsche zu sein."

Er klang nicht so, als könnte er je abscheulich oder lüstern sein. „Wenn Hauptmann Dryden für Sie bürgt, weiß ich, dass Sie ein anständiger Mann sind."

„Ich schwöre, dass ich Sie - und Ihre Tugend - mit meinem Leben schützen werde."

Das war das Galanteste, was je ein Mann zu ihr gesagt hatte. Sie hätte in Ohnmacht fallen können. Wäre sie der Typ dafür gewesen.

* * *

Zwischen Daphnes Brauen bildete sich eine Falte. „Was meinen Sie damit, dass sie gestohlen wurde, als der Raum noch voller Menschen war?"

„Liebling", sagte Jack, „warum lassen wir nicht den Regenten beim Beginn der Festlichkeiten des gestrigen Abends beginnen?"

Der Regent nickte. „Ja, ja. Das sollte ich tun. Nun, sehen wir ... Ich hatte gestern Abend mehr als zwei Dutzend Leute eingeladen, um ihnen frohe Weihnachten zu wünschen, bevor die meisten auf ihre Landsitze abreisen, um den Geburtstag unseres Herrn zu feiern."

„Wir werden alle ihre Namen brauchen", sagte Daphne.

„Ja, natürlich." Der Regent nickte. „Obwohl ich jeder einzelnen Person, die hier war, völlig vertraue. Ich habe die Nacht damit verbracht, mich an jeden Menschen zu erinnern, der gestern Abend in diesem Zimmer saß und mich gefragt, ob einer von ihnen fähig wäre, mir oder unserem Land zu schaden und ich glaube, dass jeder von ihnen absolut vertrauenswürdig ist."

„Was ist mit Ihren Dienern?", fragte Jack. „Ist jemand von ihnen neu?"

„Sie stehen alle seit vielen Jahren in meinen Diensten und sind mir treu ergeben. Sie werden feststellen, dass ich meine Diener weit besser bezahle als andere."

„Es wäre hilfreich, Königliche Hoheit, wenn Sie uns eine Vorstellung davon geben könnten, wie dieser Raum gestern Abend aussah."

„Ich habe noch etwas Besseres. Ich habe eine Zeichnung des Zimmers angefertigt." Er beugte sich vor, um vom Teetisch einige Fuß von ihm entfernt ein paar Papiere aufzuheben, aber er schien Schwierigkeiten zu haben.

Jack sprang auf. „Erlauben Sie mir." Er übergab dem Regenten die Papiere.

Inzwischen hatte Daphne sich hinter den Stuhl des Regenten gestellt und schaute ihm über die Schulter. Die Zeichnung zeigte jeden Stuhl, jedes Sofa oder Möbelstück des Zimmers, mit dem Namen einer Person in winzigen Druckbuchstaben bei jedem Stück. Natürlich saß Lady Hertford direkt neben dem Regenten. Wie immer. Und Lord Hertford war auf der entgegengesetzten Seite des Raums, er stand neben dem Cembalo.

Der Regent hatte sogar aufgeführt, wo die Madonna mit Kind sich auf einem Tisch befand, der mitten vor dem Kamin stand. Der Regent selbst saß am gleichen Platz wie auch jetzt, etwa in der Mitte des Raumes und direkt gegenüber dem Michelangelo - in einem Abstand von zwanzig Fuß oder mehr.

Jack stellte sich neben seine Frau und musterte die Zeichnung ebenfalls.

Daphne studierte die Namen, die in jedem Kästchen der Zeichnung standen. Auch sie kannte sie schon fast ihr ganzes Leben lang. Da war nur ein Name, der ihr unbekannt war. „Bitte, Königliche Hoheit, wer ist James Strickland?"

„Ich muss zugeben, dass er der einzige hier Anwesende war, mit dem mich keine langjährige Freundschaft verbindet. Er kam mit Lord Harvane. Anscheinend ist er ein enger Freund von ihm. Sie sind beide Mitglied bei White's und Sie wissen, wie schwierig es ist, dort aufgenommen zu werden."

Sie sah ihren Mann, der keinem dieser Herrenclubs angehörte, nicht an. „Dann schätze ich, dass mein Vater mit ihm bekannt ist."

„Haben Sie Ihren Gästen die Bedeutung dieses Michelangelo erklärt?", fragte Jack.

„Ja. Ich wartete, bis alle, die ich eingeladen hatte, anwesend waren und zeigte sie ihnen allen. Es war ein großartiger Anblick, wie sie dort, von einem glühenden Feuer umrahmt, auf diesem Tisch stand. Fast eine himmlische Vision."

„Ja, ich kann sehen, wo das wäre", sagte sie.

Jack umrundete den Sessel, um sich vor den Herrscher zu stellen. „An welchem Punkt des Abends haben Sie dann festgestellt, dass sie fort war?"

„Oh, nicht ich habe das entdeckt. Lady Hertford bemerkte direkt nach diesem Zwischenfall, dass sie fort war."

Aha!

Jack legte die Stirn in Falten. Was für ein Zwischenfall war das?"

„Wie dumm ich bin", sagte der Regent. „Ich habe vergessen, Ihnen die interessanteste Information zu geben. Es gab eine deutliche Ablenkung, während der die Statue gestohlen wurde."

„Was für eine Ablenkung?", fragte Daphne.

„Ich würde mein geliebtes Haus darauf verwetten, dass diese Ablenkung vorgetäuscht war, sodass der gemeine Dieb den Michelangelo an sich nehmen konnte, aber meine Diener schwören, dass niemand danach den Raum betrat oder ihn verließ. Sie verstehen, sie müssen die Türen für jeden neu Eintretenden öffnen."

Ebenso, wie sie es für Daphne und Jack heute getan hatten.

„Bitte, Hoheit, könnten Sie diese *Ablenkung* etwas genauer beschreiben?", fragte Jack.

„Sagte ich Ihnen nichts darüber?"

„Nein, Königliche Hoheit", antwortete Daphne.

„Harriette Wilson kam hereingestürmt."

Jeder im Königreich wusste, dass Harriette Wilson die berühmteste Kurtisane in ganz England war. Daphne hatte nie gehört, dass eine Frau von Miss Wilsons berüchtigtem Ruf je der Zutritt zu einem Raum erlaubt worden wäre, in dem sich anständige Frauen aufhielten - es sei denn, dass man das Königliche Drury-Lane-Theater als Raum betrachtete.

„Aber muss nicht jeder eine Einladung Eurer Hoheit vorweisen, um Einlass zu erhalten?", fragte Jack.

Der Regent nickte. „Die hatte sie. Wir haben inzwischen festgestellt, dass es sich um eine Fälschung handelt."

Daphne hob die Hände mit nach oben geöffneten Handflächen. „Es hört sich für mich so an, als wüssten wir, wer die Statue gestohlen hat."

„Aber", antwortete der Regent, „jede Minute, die sie hier war, ruhten aller Augen auf ihr. Ich kann dafür bürgen, dass sie sie nicht genommen hat."

„Der Dieb hat offensichtlich Miss Wilson zu ihrem Auftritt angestiftet", sagte Jack, „und hat auf die durch ihr Erscheinen hervorgerufene Ablenkung gezählt, während er die Statue an sich nahm."

Der Regent schüttelte den Kopf. „Ich weiß, dass es logisch scheint, dass es so passierte, aber dem ist nicht so. Wie ich sagte, die Diener auf der anderen Seite der Tür schwören, dass niemand in der Zeit, in der Harriette Wilson sich im Zimmer befand, dieses betreten oder verlassen hätte."

„Rein aus Neugier", sagte Daphne, „wie sind Sie

sie losgeworden?" Sie fragte sich, woher er wusste, wie Harriette Wilson aussah, aber dann wurde ihr klar, dass man nicht ins Theater gehen konnte, ohne neugierig in ihre Loge zu spähen, wo sie und ihre ebenso verruchten Schwestern saßen, als wären sie von königlichem Rang. Ihre Art von Berühmtheit verbreitete sich schneller als Pferdepisse - wie ihr Vater (sehr zu Mamas Empörung) wohl sagen würde.

„Zuerst sagte ich ihr, dass sie hier nicht willkommen wäre. Dann bat ich den nächstbesten Diener, sie nicht nur aus dem Zimmer zu geleiten, sondern dafür zu sorgen, dass sie aus meinem Haus geworfen würde. Es war eine absolute Unverschämtheit!"

„Das war es allerdings", stimmte Daphne zu.

Jack sah den Regenten an. „Würden Sie sagen, dass, während sie sich in diesem Raum aufhielt, aller Augen auf ihr ruhten?"

„Mit Sicherheit. Jeder im Zimmer gab zu, sie sofort erkannt zu haben. Sie müssen zugeben, dass sie berüchtigt ist."

Sie nickten zustimmend.

„In der Tat", fügte der Regent hinzu, „kam jede Aktivität sofort zu einem Ende, als sie den Raum betrat und auf mich zu kam, mit einem dümmlichen Lächeln auf ihrem Gesicht. Ich schwöre, ich habe die Frau noch nie zuvor getroffen. Ich habe die dreiste Person böse angeschaut."

„Und als sie ging, verließ niemand gleich hinter ihr die Gesellschaft?"

Er schüttelte den Kopf. „In der Tat, nicht mehr als ein paar Sekunden, nachdem sie fort war, begann Lady Hertford zu schreien, dass der Michelangelo weg wäre. Das erste, was ich tat, war, meine Diener anzuweisen, niemanden aus dem Raum zu lassen, bevor nicht eine ordentliche Suche durchgeführt worden wäre. Alle suchten jede Ecke ab, aber es war hoffnungslos."

Daphnes Blick schweifte durch das Zimmer und suchte nach einem Ort, wo eine kleine Statue versteckt werden könnte. Nichts sah sehr vielversprechend aus. Alle Stühle und Sofas standen auf dünnen Beinen und nichts konnte unter ihnen verborgen werden.

Sie stand auf und ging zu den Fenstern. Die Wände, in die diese eingelassen waren, waren fast einen Fuß dick. Sie hatte gesehen, dass bei solchen Fenstern in einem schmalen Abteil Läden verborgen waren.

Sie untersuchte die dicken Wände, die jedes Fenster im Raum umgaben, aber kein versteckter Schrank war zu finden.

Es gab nur einen reich verzierten Schrank, der an der Südwand stand. „Ich nehme an, Sie haben auch schon hinter jeder dieser Türen und Schubladen nachgeschaut?"

Der Regent nickte trübsinnig.

„Gibt es vielleicht irgendwo ein Kabinett, wo etwas hätte versteckt werden können?", fragte Jack.

Gute Idee. Warum hatte sie nicht daran gedacht?

„Nicht in diesem Zimmer", antwortete der Regent.

Dann fiel ihr etwas ein. „Sind gestern Damen neu vorgestellt worden?" Sie wusste, dass die derzeitige Mode weicher, eng anliegender Kleider es nicht möglich machen würde, etwas zu verstecken. (Wie auch, wenn schon die Unterwäsche einer Dame unter den hauchdünnen

Stoffen der modischen Kleider zu sehen waren?) Jedoch die Kleider, die Damen trugen, um bei Hofe vorgestellt zu werden, folgten immer noch der Mode des letzten Jahrhunderts, wo die voluminösen Röcke eine ganze Schulklasse von Zwergen hätte verbergen können.

Er schüttelte traurig den Kopf.

„Was trug denn Miss Wilson?", fragte sie.

Der Regent runzelte die Stirn. „Sehr wenig. Es war skandalös."

„Warum sollten Ihre Diener einer solchen Frau erlauben ..." Daphnes Frage wurde durch Jacks finsteren Blick und ein Kopfschütteln unterbrochen.

„Ich muss beschämt zugeben, dass es in der Vergangenheit Zeiten gab, als einige Frauen dieser Art hier Zutritt erlangt haben mögen ..." Der Prinzregent konnte ihnen nicht in die Augen sehen.

„Aber Sie haben Harriette Wilson nie zuvor getroffen?", fragte Daphne.

Er zuckte mit den Schultern.

Jack musterte ihn düster. „Können Sie uns sagen, wo ihr Haus ist?"

Kapitel 3

Es war fast dunkel, als Daphne und Jack schließlich zu ihrer Kutsche zurückkehrten, die vor dem Carlton House auf sie wartete. „Es ist absolut zu spät, um noch nach Addersley Priory aufzubrechen", sagte Andy zu ihnen.

Anders als andere Kutscher oder Pferdeknechte, die Jack beobachtet hatte, pflegte der junge Mann die Gewohnheit, seine Meinung zu äußern. Daphne bemutterte den Jungen eher, seit sie ihn vor einigen Monaten von seiner Familie in Portsmouth mitgenommen hatten. „Ich fürchte, wir können noch nicht nach Addersley fahren", erklärte Jack.

„Du wirst dich freuen zu hören", erklärte Daphne Andy, als er ihr in die Kutsche half, „dass wir wieder eine geheime Ermittlung durchführen sollen."

Der Junge riss die Augen auf. „Für seine Königliche Hoheit?"

Jack schaute sie böse an.

„Liebling, du weißt doch, wie klug Andy bei solchen Dingen ist."

„Ja, aber du hast dem Regenten auch versprochen, dass unsere Ermittlung äußerst vertraulich sein würde."

Sie runzelte die Stirn. „Andy zählt nicht. Er ist ein wichtiger Partner bei allem, was wir tun."

Jack wusste es besser, als hierauf seine Spucke zu verschwenden.

„Wohin dann, Chef?", fragte Andy.

„Weißt du, wo die St. James Street ist?", fragte Jack, der sehr wohl wusste, dass der Junge Karten studierte wie Turner Landschaften. Er gab Andy das Stück Papier in die Hand, auf dem Miss Wilsons Adresse stand.

„So gut wie ich meinen Namen kenne."

Als sie auf dem Weg nach St. James waren, wandte Jack sich an seine Frau. „Warum hast du so schockiert ausgesehen, als ich den Regenten nach Miss Wilsons Adresse fragte?"

„Ich machte einen Gedankensprung. Ich kann mir in meinen wildesten Fantasien nicht vorstellen, wie du in ein Haus wie das dieser Frau gehst. Du bist viel zu anständig."

„Das würde ich so kaum sagen. Es ist nur so, dass ich eine hohe Meinung von Ehrlichkeit habe." Jemand, der sein Ehegelübde brach, war niemand, den er bewundern konnte.

„Und Vertrauenswürdigkeit." Sie rutschte näher zu ihm und er konnte ihren Duft nach frischer Minze wahrnehmen. Er legte seinen Arm um ihre schmalen Schultern und drückte einen sanften Kuss auf die Masse widerspenstigen Haares - das er so liebte. Ebenso, wie er ihr Brille liebte.

Innerhalb weniger Minuten fuhr die Kutsche vor dem stattlichen Haus aus weißem Stein vor, wo die berühmte Kurtisane residierte. „Du, Madam, wirst *nicht* mit mir kommen." Er schickte sich an, die Kutsche zu verlassen.

„Ich komme mit!"

Er wirbelte zu ihr herum und funkelte sie an. „Ich werde meine Frau nicht im selben Zimmer wie eine Frau dieser Sorte lassen."

„Sei nicht dumm. Du weißt, wie gut ich beim Stellen von Fragen bin. Und es ist ja nicht so, dass ich eine Jungfrau wäre." Sie bewegte sich auf die Tür zu, ihre Hand glitt verführerisch seinen Oberschenkel entlang.

Seine Hand packte ihr Handgelenk. „Ich werde nicht zulassen, dass du einen Fuß in das Haus dieser Frau setzt."

Sie seufzte. „Du bist wirklich begriffsstutzig. Ich weiß, dass du brillant dabei bist, Informationen über Truppenbewegungen, Bewaffnung und alles Militärische zu bekommen, aber ich weiß zufällig, wie man Informationen aus Frauen herausbekommt."

„Du weißt nichts über Frauen dieser Art." Er betete, dass sie diese Aussage nicht umkehren würde, denn er war weder so unschuldig, noch so edelmütig. Bevor er geheiratet hatte.

Sie ergriff seinen Oberarm. „Ich werde *dich* nicht allein zu dieser Art von Frau gehen lassen!"

Sie würden die ganze Nacht dort verbringen, wenn sie dieses Patt nicht auflösen könnten. „Na gut, aber mir gefällt das kein bisschen." Warum schien seine Frau immer ihren Willen zu bekommen?

Dieser Teil von St. James beherbergte einige der wohlhabendsten Kurtisanen in der Hauptstadt, und zufällig lag er dicht bei den feinsten Herrenclubs. Was nicht wirklich ein Zufall war.

„Ich hoffe, dass sie zu Hause ist", sagte Daphne, als sie die Stufen zur Vordertür hinaufgingen.

„Im Fenster ist Licht."

„Das ist gut."

Er betätigte den Türklopfer.

Als ein livrierter Diener Sekunden später öffnete, lachte er fast über diese Protzerei. Man hatte ihm gesagt, dass Harriette Wilson und ihre verkommenen Schwestern, deren Vater ein Schweizer Uhrmacher gewesen war, schon vor ihrem fünfzehnten Geburtstag die Geliebten hochrangiger Männer gewesen waren. Was die Frage aufwarf ... hatten sie Lesen, Schreiben und wie man einem Mann zu Gefallen war, bereits an ihrer Mutter Knie erlernt?

Er musste seine eigenen Vorurteile beiseitelassen und versuchen, die unmoralische Frau mit einem Mindestmaß an Respekt zu behandeln, wenn er hoffen wollte, irgendwelche Auskünfte von ihr zu erhalten. „Hauptmann Dryden und Lady Daphne Dryden möchten Ihre Herrin sprechen", sagte Jack.

Der Mann wirkte schockiert angesichts der Tatsache, dass ein *weibliches* Mitglied des Adels vor Miss Wilsons Tür stand.

„Bitte, kommen Sie in den Salon, während ich meiner Herrin über den Grund Ihres Besuchs Mitteilung mache. Und der wäre?"

„Der Prinzregent schickt uns", warf Daphne ein.

Der Diener, dessen gepuderte Perücke verrutscht war, bekam große Augen. „Wenn Sie mir bitte folgen wollen."

Jack verstand nichts von Inneneinrichtung, aber ihm schien, dass Miss Wilson mit den Spiegeln an jeder Wand und der Fülle vergoldeter Möbelstücke, die wie die des Regenten im französischen Stil waren, etwas übertrieben hatte. Er hätte wetten mögen, dass ihre längst nicht so kostspielig waren wie die des Regenten, aber Jack war nicht wirklich in der Lage, einen Unterschied zu sehen.

Die scharlachroten Vorhänge im Salon waren

zugezogen. Wenigstens war die Frau so vernünftig, das Privatleben ihrer Besucher zu schützen. Das Sofa, auf das Daphne und er sich setzten, war ebenfalls mit scharlachrotem Stoff bezogen. War es Seide? Daphne könnte das gewusst haben, aber Daphne interessiert sich nicht mehr für das, was in Mode war, als er es tat - obwohl sie in eine der modebewusstesten Familien der englischen Aristokratie hineingeboren worden war.

Er hasste es, dass diese Kurtisane, die mehr unbekleidete Männer zu Gesicht bekommen hatte als der Schneider eines Dragonerregiments, in einem schöneren Haus lebte als Daphne.

Einen Moment später betrat Harriette Wilson den Raum. Wie alle im Salon des Regenten am Vorabend erkannte Jack sie leicht. Nicht nur war sie ein Dauergast in ihrer Loge im Drury Lane, sondern sie wurde auch von Cruikshank umfänglich karikiert.

Wie seine eigene Frau war Miss Wilson größer als der Durchschnitt. Er war dankbar, dass das Kleid der braunhaarigen Dirne nicht unanständig war. Der Stoff war sehr dünn und das Mieder sehr tief ausgeschnitten, aber nichts von zu privater Natur wurde zur Schau gestellt. Er stand auf und verbeugte sich leicht. „Es ist freundlich von Ihnen, dass Sie uns empfangen, Miss Wilson."

Daphne stand ebenso auf und obwohl er nichts von Mode verstand, bestätigte ihm ein kurzer Blick von einer Frau zur anderen, dass die gefallene Frau sich sehr viel eleganter kleidete als seine eigene adlige Frau. Er würde dafür sorgen, dass Daphne sich ein neues Kleid machen ließ, sobald Weihnachten vorbei war. Noch besser, er würde die Herzogin eines für seine Frau aussuchen lassen, denn Daphnes Schwester war als eine Lady mit unfehlbarem Geschmack bekannt. Aber dann fiel ihm ein, dass die Herzogin eine völlig neue Garderobe für Daphnes Aussteuer ausgewählt *hatte*. Nur, dass seine Frau ihre alten Sachen bevorzugte.

Daphne strahlte ihre Gastgeberin an und knickste. „Ich bin Lady Daphne Dryden."

Miss Wilson hob eine braune Braue und knickste ebenfalls. „Es ist mir eine Ehre, Mylady."

Alle drei standen noch immer und musterten einander unbehaglich, bis Miss Wilson schließlich sagte: „Bitte, wollen wir uns nicht alle setzen."

„Hopkins sagte mir, dass Sie vom Regenten kämen?", begann Miss Wilson und betrachtete Jack, der noch immer Uniform trug, während sie sich auf einem zweiten Sofa niederließ, das dem, auf dem Jack und Daphne gesessen hatten, sehr ähnlich war. „Ich nehme an, Sie haben heute mit *ihm* gesprochen?

Jack nickte, aber bevor er irgendetwas sagen konnte, fuhr sie fort.

„Sagte er Ihnen, wie grob ich behandelt wurde?"

Bevor Jack etwas erwidern konnte, antwortete Daphne, obwohl Miss Wilsons Frage nicht an sie gerichtet gewesen war. „Ich muss Ihnen zustimmen. Das war sehr gefühllos von ihm. Schließlich hatten Sie ja eine Einladung seiner Königlichen Hoheit."

Die Kurtisane wurde Daphne gegenüber freundlicher und schenkte ihr mit einem eifrigen Nicken ein Lächeln.

„Bitte, Miss Wilson", fuhr Daphne fort, „wussten Sie, dass die Einladung eine Fälschung war?"

„Nein."

„Aber Sie müssen es vermutet haben", sagte Jack.

Jetzt richtete ihre Gastgeberin ihre Aufmerksamkeit wieder auf ihn - was ihm teuflisches Unbehagen bereitete, denn sie ließ ihren Blick von oben bis unten über ihn gleiten, als wäre er eine Stute bei Tattersall. „Wäre die Einladung für eine spätere Abendstunde gewesen, hätte ich mich nicht gewundert, wenn Sie verstehen, was ich meine, Hauptmann?" Ihr Blick wanderte wieder über seinen Körper.

„Ich bin insbesondere daran interessiert, wie Sie diese Einladung erhalten haben." Er wollte verdammt sein, wenn er diese ... Dirne so höflich anredete wie Daphne das tat.

Sie zuckte mit den Schultern. „Ich weiß nicht, wer sie geschickt hat."

„Wie wurde sie geschickt?", fragte Daphne.

„Sie wurde abgegeben. Nach der ersten Nachricht."

„Welche erste Nachricht?", fragte er.

„Am Tag, bevor ich das erhielt, wovon Sie sagen, dass es eine Fälschung wäre, bekam ich eine Nachricht, die besagte, ich würde, wenn ich bei einem Fest in Carlton House - mit einer ordnungsgemäßen Einladung - erschiene, £500 erhalten."

Daphnes Mund blieb offen stehen. „Von wem war die Nachricht?"

Miss Wilson zuckte mit den Schultern. „Ich weiß es nicht."

„Was ließ Sie dann glauben, dass der Absender dieses Versprechen halten würde?", fragte Jack.

„Es war eine £100-Note beigelegt, mit dem Versprechen von £400 mehr, nachdem ich meine

Aufgabe erledigt hätte."

Daphne schob ihre Brille auf dem Nasenrücken nach oben. „Haben Sie die anderen £400 bereits erhalten?"

„Nein, aber es ist auch erst einen Tag her."

Wie dumm konnte eine Frau sein, dachte Jack. „Wer hat die Nachrichten überbracht?"

„Ich habe Hopkins dieselbe Frage gestellt, als er mir die erste brachte, aber Sie wissen, wie Männer sind ..." Dies war an Daphne gerichtet. „Sie haben nicht die Fähigkeit, Dinge so zu beobachten wie wir."

Daphne nickte. „Dem stimme ich völlig zu."

„Was konnte Hopkins Ihnen denn erzählen?", wollte Jack wissen.

Sie zuckte mit den Schultern. „Er sagte, es wäre ein livrierter Diener gewesen, der wohl stumm war, denn er sagte kein einziges Wort."

Jack musterte sie misstrauisch: „Mit was für einem Fahrzeug kam der Diener?"

„Hopkins sagte, er hätte keines gesehen."

Daphne lächelte sie an. „Bitte, welche Farbe hatte die Livree des Mannes?"

Miss Wilson funkelte Jack an. „Sehen Sie, was ich meine? Sie würden nie daran gedacht haben, nach den Farben zu fragen, nicht wahr? Nur eine Frau achtet auf solche Dinge."

Jack war ziemlich sicher, dass er, hätte er genug Zeit, sie nach der Farbe der Livree des Dieners gefragt haben würde.

Miss Wilson zuckte mit den Schultern. „Leider vergaß ich zu fragen. Erlauben Sie mir, nach Hopkins zu klingeln." Sie stand auf und zog an der Klingelschnur und ihr Diener kam stehenden Fußes herbeigeeilt.

„Ja, Madam?"

„Welche Farbe hatte die Livree des Mannes, der die beiden Briefe für mich abgegeben hat?"

„Sie war blau, aber ich bin nicht so gut dabei zu sagen, was für eine Art von blau - aber es war kein helles Blau."

„War es so dunkel wie bei einer Marineuniform?", fragte Jack.

Der Mann schüttelte den Kopf. „Auch nicht so dunkel."

„War es die Art von Farbe, bei der man an die königliche Familie denkt?", fragte Daphne.

Er nickte freudig. „Ja, so war es."

„Ich glaube, es war das, was wir Königsblau nennen", sagte Daphne zu ihrer Gastgeberin. „Wie bei den Bourbonen."

„Bitte, Miss Wilson, haben Sie zufällig den Brief behalten?"

„Eine Frau in meiner Stellung bewahrt alle ihre Briefe auf, Hauptmann. Man weiß nie, wann ihr Wert steigen könnte."

„Wir würden es sehr zu schätzen wissen, wenn Sie sie uns zeigen könnten", sagte Daphne.

Miss Wilson rief ihren Diener zurück. „Lass Annette meine kleine Holzschachtel bringen, Hopkins. Sie weiß schon, welche."

Einen Moment später kam er mit einer verschlossenen Schachtel zurück. Sie zog einen um ihren Hals hängenden Schlüssel heraus und öffnete sie. Sie war vollgestopft mit Briefen. Sie nahm zwei oben von dem Stapel ab und reichte sie Daphne. „Hier sind sie, Mylady."

Jack kam, um sich über die Schulter seiner Frau zu beugen. Jede war auf einem einzelnen Blatt Papier geschrieben, einem Pergament hoher Qualität ohne Wappen, und die Schrift war ordentlich und leicht zu lesen. Beide waren genau so, wie sie sie beschrieben hatte.

Er hatte gehofft, irgendein Hinweis auf den Seiten würde ihm helfen, den Dieb zu identifizieren, aber da war nichts.

Miss Wilson legte sie wieder in die Schachtel, verschloss sie und wies ihren Diener an, sie der Zofe zurückzugeben. „Gibt es noch etwas, das Sie zu wissen wünschen?", fragte sie Daphne und Jack.

Jack schüttelte den Kopf.

„Dann möchte ich eine Frage stellen. Zu welchem Zweck wurde ich letzte Nacht benutzt?"

Sie versuchte, ihre Unwissenheit zu demonstrieren, aber er glaubte es nicht. „Es steht mir nicht frei, das zu sagen. Der Regent bat darum, alles, was die letzte Nacht betrifft, vertraulich zu behandeln."

„Dann werde ich es mir von Lord Hertford sagen lassen." Sie warf ihren Kopf zurück und lachte.

Daphne stand auf. Die beiden anderen griffen den Hinweis auf und erhoben sich ebenfalls. „Sie waren überaus hilfreich", sagte Daphne. „Darf ich Sie bitten, es mich wissen zu lassen, wenn Sie den Rest des Geldes erhalten?" Aus ihrem Reticule zog Daphne eine ihrer Karten heraus und überreichte sie Miss Wilson. „Ich versichere Ihnen, dies ist keine Fälschung und ich würde Sie jederzeit in meinem Haus willkommen heißen."

In den Augen ihrer Gastgeberin stiegen Tränen auf, als sie in einem tiefen Knicks versank. „Gott segne Sie, Mylady."

Gerade, als Jack dachte, dass diese Frau in seinem Haus nie willkommen sein würde, beschämte seine Frau ihn durch ihre reine Menschlichkeit. Seine Brust schwoll vor Stolz auf die Frau, die ihm die Ehre erwiesen hatte, ihn zu heiraten.

Als sie vom Haus zu ihrer wartenden Kutsche schlenderten, erinnerte Jack sich an etwas und stieß einen Fluch aus.

Daphne hielt abrupt an. „Was ist los, Liebster?"

„Ich habe Oberst Bond völlig vergessen!"

„Arme Miss Huntington!"

* * *

Oberst Bond fand sich in einem äußerst verwirrenden Dilemma wieder. Er und diese Unschuld hatten London bei Nacht durchquert und waren keinen Schritt weitergekommen auf ihrer Suche danach, was aus Dryden und seiner Frau geworden war, als sie bei ihrer Abfahrt vor Stunden gewesen waren. Seine Bekanntschaft mit Dryden, die seit vielen Jahren bestand, brachte ihn zu der Überzeugung, dass ein gewissenhafter Mann wie Dryden nicht ohne Miss Huntington - oder ihn selbst - abreisen würde.

Könnten Miss Huntingtons Befürchtungen berechtigt sein? War den Drydens etwas zugestoßen?

Noch verwirrender war die Frage, was mit Miss Huntington zu tun war. Er konnte sie nicht einfach bei den Drydens absetzen, wo keine Seele im Haus war. Aber natürlich konnte er sie nicht in sein eigenes Haus bringen. Schließlich war sie eine junge Dame aus guter Familie.

Das Innere seiner Kutsche war in dieser mondlosen Nacht besonders dunkel. Er konnte Miss Huntington nicht sehen, außer vor seinem inneren Auge. Als er sie am Morgen in seinem Frühstückszimmer zum ersten Mal gesehen hatte, war er erstarrt. Sie sah so jung aus. Und unglaublich unschuldig. Sie sah wirklich aus wie

die Tochter eines seiner Freunde. Dann, als sie
aufstand und sprach, klang sie erwachsener.

Er nahm an, dass sie im herkömmlichen Sinne
nicht als schön galt. Einerseits war sie viel zu
dünn und ihr Busen war verdammt nahe daran,
überhaupt nicht vorhanden zu sein. Sie war
hellhäutig und blond, aber ihr Gesicht sah aus,
als verbrächte sie zu viel Zeit ohne Haube in der
Sonne. Statt der porzellanweißen Haut, um die
alle Damen sich bemühten, hatte Miss
Huntington Sommersprossen.

Gott sei Dank neigte sie nicht zum Kichern - er
fand, die meisten jungen Damen übertrieben es
damit.

„Oberst?"

Er wurde aus seinem Nachdenken gerissen.
„Ja?"

„Ich habe diesen Abend überaus genossen. Ich
habe mehr von London zu sehen bekommen als je
zuvor. Von allen Städten, in denen Papa
stationiert gewesen ist, habe ich niemals eine
London vorgezogen."

Er schluckte den Klumpen in seiner Kehle
herunter. Ihm ging es genauso. Es gab kaum eine
Hauptstadt, die er nicht gesehen hatte, aber im
geschäftigen London fühlte er sich am wohlsten.
„Ich empfinde immer dasselbe."

„Dann nehme ich an, dass es ein großer Trost
für Sie ist, dass Sie wenigstens in der
großartigsten Stadt der Welt sein dürfen, wenn Sie
schon nicht dort sein können, wo die
Kriegsoperationen stattfinden."

Wie konnte sie seine Gefühle so genau erraten
haben? „Miss Huntington, können Sie Gedanken
immer so genau lesen?"

Jetzt lachte sie. Kein Kichern, zum Glück.

„Mama sagt, ich wäre für mein Alter äußerst scharfsinnig."

Er musste sich ständig daran erinnern, dass sie noch nicht zwanzig war. In ihren jugendlichen Augen - blau waren sie, wie er sich erinnerte - musste er sehr alt wirken. „Ich muss zugeben, dass es heute Abend Zeiten gab, wo ich ihr tatsächliches Alter völlig vergessen habe."

„Ich nehme das als Kompliment."

Das unbehagliche Schweigen breitete sich wieder aus.

„Wenn Sie nichts dagegen haben", sagte er ein paar Minuten später, „werde ich meinen Kutscher anweisen, noch einmal nach Dryden House zu fahren."

„Ich hoffe und bete, dass sie dort sein mögen", sagte sie ernst. „Es sieht Lady Daphne so gar nicht ähnlich, mich ... zu vergessen. Sie ist so gut darin, anderer Bedürfnisse über ihre eigenen zu stellen. Ich nehme an, das liegt daran, dass sie die Älteste ist."

„So wie ich." Es war traurig, obwohl so viele Jahre vergangen waren, sich an seinen kleinen Bruder und seine Schwester zu erinnern, die an einem Fieber gestorben waren, während er in Harrow war.

„Dann sind sie zum Befehlen geboren."

Sie ließ ihn sich sieben Fuß groß fühlen - obwohl er in ihren Augen vielleicht sehr alt war.

* * *

„Kein einziges Fenster ist beleuchtet", sagte Daphne, als sie vor Dryden House vorfuhren.

„Ich weiß, was für ein guter Kerl Oberst Bond ist. Er wird zugesehen haben, dass Miss Huntington nicht allein hierblieb."

„Sie kann kaum in seinem Haus geblieben sein!

Sie ist ein junges Mädchen."

„Das stimmt natürlich."

„Aber wir wissen tatsächlich nicht, ob der Oberst zugestimmt hat, nach Addersley zu kommen. Er könnte unsere Einladung abgelehnt und sie zurückgeschickt haben. Oh, Jack, ich würde sterben, wenn Miss Huntington etwas zugestoßen ist. Es ist nur meine Schuld."

Andrew riss die Kutschentür auf und half Daphne, als sie aus dem Gefährt ausstieg. Bevor sie den dunklen Eingang ihres Heims erreicht hatten, hörte Daphne das Klappern von Pferdehufen. Um Mitternacht kam das in ihrer ruhigen Straße von Chelsea nicht häufig vor. Sie wirbelte herum. „Sag, Liebster, ist das die Kutsche des Oberst?"

„Wie soll ich das wissen? Es ist zu verdammt dunkel, um etwas sehen zu können."

Ihre Frage wurde beantwortet, als die Kusche vor ihrem Haus anhielt und noch bevor der Kutscher von seinem Sitz herunterkommen konnte, flog die Türe auf und Miss Huntington sprang aus der Kutsche. „Oh, Lady Daphne! Ich hatte so schreckliche Angst um Sie."

„Und ich um Sie." Es kam Daphne plötzlich in den Sinn, dass sowohl Miss Huntington als auch der Oberst - der direkt hinter Miss Huntington aus der Kutsche stieg - eine Erklärung verlangen würden, warum sie und Jack verschwunden waren, ohne auch nur eine Nachricht zu hinterlassen. Es war eine abscheuliche Gedankenlosigkeit, dass sie keine Nachricht hinterlassen hatte.

Miss Huntington eilte zu Daphne und nahm sie in den Arm. „Ich bin so erleichtert, dass ich sie gesund und munter antreffe."

Daphne seufzte. „Ich wünschte, ich könnte dasselbe über meinen lieben Mann sagen."

Dieser Ehemann war gerade dabei, direkt hinter der Eingangstür eine Kerze anzuzünden. Er schaute seine Frau verwirrt an.

„Kommen Sie herein, Miss Huntington." Daphne schaute den Oberst an. „Und Sie auch, Oberst. Ich fühle mich schrecklich schuldig, dass wir vergessen haben, Sie davon zu unterrichten, wohin wir gingen. Sehen Sie, der Regent rief uns zu sich, direkt nachdem Sie gegangen waren, und es war eine dringende Angelegenheit." Über die sie nicht mit ihnen sprechen durfte. „Es ist nichts, was Sie interessieren würde, aber der Gipfel des Ganzen war, dass mein lieber Jack, als er die Treppe von Carlton House hinunterging, sich den Knöchel verstauchte."

Nachdem die Eingangshalle jetzt erleuchtet war, schwenkte ihr Blick von Miss Huntington zu Oberst Bond. „Kommen Sie doch ins Frühstückszimmer." Ihr Blick schoss zu Jack, der böse dreinschaute. „Sie werden sehen, dass mein armer Mann nicht gehen kann, ohne zu hinken."

Sie wusste, Jack würde darüber nicht glücklich sein, aber sie war nicht besonders gut darin, unter Druck Ausreden zu erfinden. Sie zuckte mit den Schultern. „Nachdem der liebe Regent von dem Problem mit Jacks Knöchel erfahren hatte, musste er unbedingt nach seinem Arzt schicken, aber da Weihnachten ist, war der Mann schon aufs Land abgereist. Das wussten wir natürlich nicht, als wir in Carlton House saßen und stundenlang warteten.

„Ich hätte Ihnen Andy geschickt, aber ich dachte ehrlich, der Arzt würde jeden Moment eintreffen und nach der Untersuchung von Jacks armem, geschwollenen Knöchel würden wir im Handumdrehen wieder hier sein." Sie war mir ihrer Ausrede sehr zufrieden. Jetzt musste sie sich nur darauf verlassen, dass Jack seine Rolle spielen würde.

Sie atmete erleichtert auf, als Jack mit einem Kerzenleuchter in der Hand in das Morgenzimmer gehinkt kam. Leider schaute er sie noch immer böse an.

„Bitte, Dryden", sagte der Oberst, „setzen Sie sich doch. Belasten Sie ihren Knöchel nicht."

Jack stellte den Kerzenleuchter auf den Tisch zwischen den beiden Stühlen und setzte sich auf einen davon.

Daphne zog rücksichtsvoll den anderen davor. „Mein Liebling, denke daran, was der Arzt gesagt hat. Du sollst ihn hochlegen."

„Dann kam der Arzt zum Schluss doch?", fragte Miss Huntington.

„Der Regent beschloss schließlich, nach dem Arzt der Königin zu schicken. Dieser war zum Glück noch in London. Natürlich dauerte es einige Zeit, da er mit einem wichtigeren Patienten beschäftigt war - es ging um Leben und Tod. Das wussten wir aber nicht, daher warteten wir immer weiter." Sie wagte nicht, zuzugeben, dass sie im Haus der berüchtigten Harriette Wilson gewesen war.

„Und warteten und warteten", fügte Jack hinzu.

„Ich bedaure, Ihnen beiden sagen zu müssen", sagte Daphne zu ihren Gästen, „dass Jacks Verletzung uns daran hindert, bereits jetzt nach Addersley abzureisen, aber wir hoffen sehr, zu Weihnachten dort sein zu können." Sie betete, dass sie und Jack dem Regenten seinen Michelangelo zurückbringen und vor Weihnachten zu ihrer Familie würden fahren können.

„Hatten Sie unsere Einladung denn angenommen, Oberst?", fragte Jack.

„Ich habe mich sehr darüber gefreut."

„Es wird eine so lustige Fahrt werden, wenn wir zu viert nach Addersley fahren." Daphne schaute den Oberst an. „Ich verspreche, eine Nachricht zu Ihnen nach Hause zu schicken, sobald Jack von dem Arzt für reisefähig erklärt wird. Wir haben ihm gesagt, dass wir zu Weihnachten in Essex sein wollen."

„Dann werde ich mich jetzt verabschieden." Oberst Bond wandte sich zu Miss Huntington. „Es war mir ein besonderes Vergnügen, Ihre Bekanntschaft zu machen, Miss Huntington. Ich hoffe, dass Sie nach diesem anstrengenden Abend, den wir verbracht haben, gut schlafen werden."

„Es war gar nicht anstrengend", erklärte sie ihm. „Aber ich muss zugeben, dass ich müde bin."

Jack war sehr gut darin, humpelnd mit Daphne die Treppen zu ihrem Schlafzimmer hinaufzusteigen, aber nachdem ihre Tür sich geschlossen hatte, brach die Strafpredigt aus ihm heraus, die sie erwartet hatte. „Mutter allen Übels, du hast es mir schon wieder angetan! Wie viele Male habe ich dir gesagt, dass du mich zuerst fragen sollst, wenn du Lügen über mich erfindest?"

„Ich konnte dich kaum fragen, wo Miss Huntington und der Oberst direkt dort standen."

„*Jacks armer geschwollener Knöchel ...*" Er ahmte sie nach, und es klang nicht nett.

„Aber mein Liebster, du hast ganz wundervoll den Mann mit dem verstauchten Knöchel gespielt. Hattest du so etwas schon einmal?"

„Du, Madam, versuchst das Thema dieser Unterhaltung zu wechseln."

Immer, wenn er sie Madam nannte, war er böse auf sie.

„Wenn ich das Thema dieser Unterhaltung wechsele, sollte ich dich zuerst fragen, ob du Miss Wilsons Geschichte glaubst." Sie waren so um Miss Huntington und den Oberst besorgt gewesen, dass sie noch keine Gelegenheit gehabt hatten, ihre Eindrücke von dem Besuch bei der berühmten Kurtisane zu besprechen.

„Sie war eine noch bessere Lügnerin als du, meine liebste, nervtötendste Märchenerzählerin."

Kapitel 4

„Ich glaube, du irrst dich, mein Liebster, und schone doch lieber dein Bein. Denk an deinen Knöchel."

Seine Augen wurden schmal. „Ich habe kein Problem mit meinem verdammten Knöchel." Das war noch etwas Gutes daran, verheiratet zu sein. Er musste nicht mehr darauf achten, was er vor Daphne sagte.

„Ich wollte nur versuchen, ... *der Rolle treu zu bleiben,* wie die Schauspieler sagen. Ich darf mich vor Miss Huntington nicht verplappern." Sie drehte ihrem Mann den Rücken zu. „Hilf mir doch aus diesem Kleid heraus."

Während er ihre Bitte erfüllte, sprach sie weiter. „Gott sei Dank, dass der Oberst bei Miss Huntington geblieben ist. Ich hätte keine Ruhe mehr gefunden, wäre dem armen Mädchen etwas zugestoßen, nur, weil ich so mit dem beschäftigt war, was wir taten, dass ich ihre Existenz völlig vergessen hatte."

„Es war schäbig von uns, sie so zu vergessen. Und den Oberst." Er streifte das Kleid von ihren milchweißen Schultern und tupfte einen Kuss auf die schmale Säule ihres Halses. Dann begann er, das Mieder aufzuschnüren. Er durfte sich nicht erlauben, den Körper seiner Frau zu betrachten, oder sie würden bei der Lösung des Problems des Regenten nie weiterkommen. „Bitte, warum glaubst du, dass ich mich bei Harriette Wilson irre?", fragte er.

„Alles, was sie sagte, war völlig plausibel."

„Aber einer Frau ihrer Art kann man nicht trauen. Ihre gesamte Existenz besteht aus Täuschungen."

„Das mag sein, aber ich glaube ihr. Denk darüber nach, Liebster. Wenn du sie anheuern willst, um auf dem Fest des Regenten eine Ablenkung zu schaffen, würdest du doch nicht riskieren, erkannt zu werden, nicht wahr?"

„Ich nehme an, es ist möglich, dass der Dieb die ganze Ablenkung brieflich vorbereitet hat, aber ich finde es schwer zu glauben, dass sie nicht wusste, dass der Diebstahl geschah, während sie diesen Aufruhr anzettelte."

Sie rieb sich nickend die Arme. „Es ist gemein kalt hier ohne Feuer."

„Ich werde das erledigen." Er kniete sich vor den Kamin, warf mehrere Brocken Kohle auf den Rost und zündete sie an. „Es wird eine Weile dauern, bis das Zimmer warm wird. Ich schlage vor, du ziehst dir dein wärmstes Nachtgewand an."

Sie kleidete sich eilig um. „Was du darüber sagst, dass Miss Wilson wusste, was in dem Raum geschehen sollte, klingt auch plausibel. Vielleicht sollten wir zur Überwachung ein paar der Horse Guards vor ihrem Wohnsitz stationieren."

Er schüttelte den Kopf. „Dann würde der Dieb nie dort auftauchen."

„Wie wäre es mit Andy? Er würde liebend gerne ihr Haus beobachten und Teil unserer Ermittlungen sein. Du weißt, wie unglaublich gerne er so etwas tut."

Er nickte. „Ich werde ihn am Morgen hinschicken." Als er mit dem Anzünden des Feuers fertig war, erhob er sich und schaute sich im Schlafzimmer nach seinen eigenen Sachen um. „Verdammt, alles, was ich besitze, ist nach Addersley geschickt worden. Ich habe kein Nachthemd und es ist zu verdammt kalt, ohne alles zu schlafen."

Sie war schon in ihr eigenes Nachtgewand gehüllt, als sie sich umdrehte und ihn anschaute. „Du wirst in deinen Kleidern schlafen müssen, Lieber. Ich habe Glück, dass ich nicht alles, was ich besitze, nach Addersley geschickt habe."

Als er versuchte, seine Stiefel auszuziehen, fiel ihm etwas ein. „Ich bin sicher, dass d'Arblier hinter all dem steckt."

Sie stemmte die Hände in die Hüften und sah ihm ins Gesicht. „Nun aber, Liebster, du gibst an allem Bösen in der Welt diesem Mann die Schuld, und auch wenn ich zugeben muss, dass er der übelste, verachtenswerteste Mann auf der ganzen Welt ist, kann er doch unmöglich in das Innere von Carlton House gelangt sein."

„Er hat Männer - und Frauen - überall."

Sie schlüpfte unter die Decken und fuhr dann hoch. „Es *ist* genau die Art von Unheil, die der Duc d'Arblier liebend gerne anrichten würde. Wenn der König von Spanien glaubt, dass der Regent den Michelangelo verkauft hat, könnte er das sehr wohl als offene Brüskierung seines Landes auffassen und alle Beziehungen zu den Briten abbrechen."

„Genau." Jack löste seine Krawatte, faltete sie der Länge nach und hängte sie vorsichtig über die Rückenlehne des Stuhles, von dem er gerade aufgestanden war. Er begann, seinen Rock auszuziehen, aber der Raum war so verdammt kalt, dass er ihn wieder anzog. „Ist es dir nicht als seltsam aufgefallen, dass der Diener, der diese

Briefe zu Harriette Wilson brachte, für einen Stummen gehalten wurde?"

„Du bist brillant! Natürlich durfte er nicht sprechen, weil sein französischer Akzent ihn verraten hätte."

Er nickte. „Auf keinen Fall würde je einem Franzosen Zutritt zu Carlton House gewährt werden", sagte sie.

„Er könnte jemand anderen geschickt haben."

„So muss es sein."

Sie legte sich wieder zwischen die kalten Laken zurück. „Ich könnte mich für jeden verbürgen, der gestern Abend im Salon des Regenten war. Außer für diesen Strickland. Obwohl er mit Lord Harvane da war, der ein netter Kerl ist."

„Fangen wir mit Strickland an."

Sie seufzte. „Ich hatte so gehofft, dass wir das hier erledigen könnten, um noch rechtzeitig zu Weihnachten nach Addersley zu gelangen. Es ist ja nicht nur so, dass ich noch nie zu Weihnachten an einem anderen Ort war, aber ich habe mich auch so auf unsere ersten gemeinsamen Weihnachten in Addersley gefreut."

Er ging zu ihrer Seite des Bettes und beugte sich hinab, um sie zu küssen. „Ich mich auch."

Ihre Hand streichelte sein Gesicht, ihre Stimme wurde leise. „Morgen werde ich Sir Ronald in unsere Ermittlungen einweihen müssen. Du weißt ja, dass du dich auf seine Diskretion verlassen kannst."

Seit Sir Ronald aufgehört zu haben schien, außereheliche Affären zu haben, vertraute Jack ihm mehr. Hinzu kam die Tatsache, dass Sir Ronald ihm das Leben gerettet hatte. Jack hasste es, das zugeben zu müssen, aber sie brauchten die Hilfe des Mannes, da er in jedem Club in

London gern gesehen war. Anders als Jack. „Er ist noch nicht nach Addersley gefahren?"

„Oh, habe ich dir das nicht gesagt? Virginia und die Kinder sind heute mit Cornelia und ihren Kindern gefahren. Sir Ronald und Lankersham wollen nicht vor morgen abreisen. Also muss ich ihn sehr früh erwischen, bevor er nach Essex fährt."

Er zog die Decken fest über sie und küsste sie wieder. „Gute Nacht, meine Liebste."

„Glaube nicht, dass mir das als mein Gute-Nacht-Kuss ausreicht! In einer kalten Winternacht wie dieser möchte ich deine Arme um mich spüren und mich ganz an dich schmiegen."

„Das kannst du gerne haben."

* * *

Daphne konnte nicht schlafen. Anders als ihr Liebster. Nach ihrem ... Aufwärmen hatte er sich zur Seite gerollt und war prompt eingeschlafen. Zu viele Dinge rasten ihr durch den Kopf. Das sanfte Schnarchen ihres Mannes schlug den Takt zu ihren rasenden Gedanken. *Zu Sir Ronald gehen. Bevor er London verlässt. Vor Sonnenaufgang aufstehen. Besser noch, die ganze Nacht wachbleiben.*

Beim ersten Morgenlicht stieg sie aus dem Bett, schürte das Feuer und begann, sich anzuziehen. Ihre Umtriebigkeit weckte Jack, wie sie es vorhergesehen hatte. „Was zum Teufel machst du mich zu dieser unchristlichen Stunde wach? Es ist noch kaum hell."

„Ich mache mir Sorgen, dass wir Sir Ronald verpassen könnten. Vielleicht will er früh nach Addersley aufbrechen."

„Dann müssen wir los und ihn aufsuchen." Er schwang ein Bein aus dem Bett, dann das andere.

„Ich gebe Andy Bescheid."

„Gut. Erzähle ihm von der Überwachung. Wir müssen ihn uns am Haus von Sir Ronald und Virginia absetzen lassen. Sir Ronald kann uns heimbringen, während Andy Miss Wilsons Haus beobachtet."

„Es wäre besser, wenn Andy zu Fuß dorthin gehen würde."

„Das stimmt natürlich." Sie runzelte die Stirn. „Mir wäre es lieb, wenn Andys Überwachung von Miss Wilson so bald wie möglich beginnen würde."

Ihr Mann nickte zustimmend.

Eine halbe Stunde später saßen sie im Salon von Johnson House, während ein Diener, der sich hastig angekleidet hatte, Sir Ronald weckte. „Zumindest habe ich dieses Mal daran gedacht, eine Nachricht für Miss Huntington zu hinterlassen", sagte Daphne. „Falls sie vor unserer Rückkehr aufwacht."

„Meine liebe Schwester", sagte Sir Ronald mit eisiger Stimme, als er ins Zimmer geschlurft kam, „Sie sollten lieber einen guten Grund dafür haben, mich so verdammt früh am Morgen zu wecken. Es ist noch nicht einmal sieben Uhr."

Sie schaute in das unrasierte Gesicht des Ehemannes ihrer Schwester auf und stellte fest, dass sie Sir Ronald noch nie zuvor gesehen hatte, wenn er so zerzaust aussah. Der normalerweise makellos gepflegte Sir Ronald, der ähnlich wie ihr eigener unvergleichlicher Hauptmann gebaut war, besaß blondes Haar, das er an diesem Morgen noch nicht gekämmt hatte. Er sah heute auch viel älter aus. Sie vermutete, dass es daran lag, dass die Stoppeln auf seinem Gesicht grau waren.

„Zufällig haben wir einen sehr wichtigen Grund, Sie aufzuwecken", sagte sie. „Wir führen eine besondere Ermittlung für den Regenten durch, der absolute Vertraulichkeit von Ihnen verlangen wird - und wir wissen, dass wir auf Sie zählen können."

Sein Gesicht wurde freundlicher, als er sich auf einen Stuhl fallen ließ. „Sprechen Sie weiter."

Sie fuhr fort, ihm alles zu erzählen, was sie über den Diebstahl wussten, ebenso über ihren Besuch bei Harriette Wilson - dabei wurden seine Augen rund.

„Kennen Sie Strickland?", fragte Jack.

Sir Ronald kannte jeden. Er zuckte mit den Schultern. „Ich habe von Zeit zu Zeit mit ihm gespielt."

Jack zog eine Braue hoch. „Kürzlich?"

Sein Mund verzog sich nachdenklich. „Nein, kürzlich nicht. Mir ist in der Tat so, als hätte ich gehört, dass er eine Pechsträhne gehabt hätte."

Daphnes Blick begegnete Jacks. Er nickte ernst. „Wissen Sie, wo er wohnt? Ich würde ihn gerne befragen."

„Ich weiß es nicht, werde es aber herausfinden." Sir Ronald stand auf. „Geben Sie mir eine Stunde, um mich vorzeigbar zu machen."

„Wir lassen nur unseren Kutscher in der Nähe von Miss Wilson zurück, um sie zu überwachen, dann kommen wir wieder her", sagte Daphne im Aufstehen. Ihr Blick traf den ihres Mannes. „Was hast du Andy erzählt?"

„Ich dachte, das überlasse ich dir. Da du so geschickt beim Ausdenken angeblicher Krankheiten für mich bist, dachte ich, du wolltest dir auch eine für ihn einfallen lassen. Vielleicht könnte er sich als verkrüppelter Betteljunge verkleiden."

Sie sah ihn stirnrunzelnd an. „Das wäre viel zu

offensichtlich. Überwachung muss unauffällig sein."

In der kurzen Zeit, die sie in Sir Ronalds Hause verbracht hatten, war die Sonne vollends aufgegangen. Andy stand neben einem ihrer beiden Grauen, streichelte seine Nüstern und sprach freundlich auf ihn ein. Er hatte eine großartige Hand bei Pferden.

„Wir haben eine wichtige Aufgabe für dich, Andy", sagte sie.

Er schaute auf und hob eine Braue. Seit wann war er größer als sie? Der Junge war wirklich in die Höhe geschossen. Natürlich, bald schon würde er siebzehn Jahre alt sein. „Erinnerst du dich an das Haus in St. James, das wir letzte Nacht besucht haben?"

„Wie an einen meiner eigenen Finger. Es ist nicht weiter als fünf Minuten zu Fuß von hier entfernt."

„Mir war nicht klar, dass es so nahe ist. Ich schätze, du kannst einfach hinlaufen." Sie senkte ihre Stimme. „Wir möchten, dass du dir jeden Gentleman merkst, der heute zu diesem Haus kommt."

„Sie möchten, dass ich die Rückseite des Hauses ebenso wie die Vorderseite bewache?"

„Wenn du es schaffen kannst, an zwei Orten nahezu gleichzeitig zu sein."

„Ich werde mein Bestes tun. Möchten Sie, dass ich einem der Gentlemen folge, die dort zu Besuch kommen?"

Daran hatte sie nicht gedacht. „Was meinst du, Jack?"

„Wenn ein Mann in einer königsblauen Livree kommt, dann ja, gehe ihm nach. Und pass auf, dass er nicht merkt, dass er verfolgt wird. Das könnte gefährlich für dich sein."

„Was ist königsblau für eine Farbe?"

Daphne verdrehte die Augen. „Es ist nicht hellblau und nicht dunkelblau, sondern ein Blau, das aussieht, als passte es zu dem Gold für einen Umhang des Königs."

„Sehr gut, Milady. Wessen Haus ist es?"

„Harriette Wilsons. Du hast zweifellos von ihr gehört?"

Er schüttelte den Kopf.

Daphne zuckte mit den Schultern. „Sie ist die berüchtigtste Kurtisane von London."

„Verzeihung, Milady, das Wort hab' ich noch nie gehört. Was bedeutet *Kurtisane*?"

„Erkläre du es ihm, Jack." Sie wandte sich zu Sir Ronalds Haus zurück. „Ich werde Sir Ronalds Köchin dazu bringen, etwas Essbares für uns aufzutreiben. Verlass dich darauf, Andy, ich werde dich nicht hungern lassen."

* * *

„Liebster, es war so schlau von dir, Andys Fuß in Zeitungen zu wickeln, die zufällig vor seine Füße fielen." Sehr gegen den Willen ihres Mannes saß sie mit ihm oben auf dem Kutschbock, als sie nach Hause zurückfuhren.

Andy, der sich in seiner neuen Rolle so wohl fühlte wie ein Fisch im Wasser, schaute nicht einmal zu ihnen herüber, als sie vorbeifuhren, ein fast unmerkliches Nicken bestätigte jedoch, dass er sie gesehen hatte.

Der einfallsreiche Junge hatte es irgendwie geschafft, einen Sack Kastanien aufzutreiben, die er dort auf dem Bürgersteig gegenüber von Miss Wilsons Haus in einem Metalleimer röstete.

„Heiße Kastanien!", rief er, als sie vorbeifuhren.

„Ist er nicht der schlaueste aller Jungen?",

fragte sie.

„Er ist sehr gut."

Als die Grenzen zwischen Chelsea und Kensington sich verwischten, sagte sie: „Ich hoffe, wir kommen zu Hause an, bevor die liebe Miss Huntington erwacht."

Er schnippte mit den Zügeln. „Warum?"

„Ich dachte nur an dich und wünschte, dir das Hinken zu ersparen. Denn in der Gegenwart des Mädchens musst du sehr lahm wirken."

Jack wirkte gar nicht glücklich. „Für jemanden, der behauptet, so viel von Wahrhaftigkeit zu halten, kannst du dir im Handumdrehen die absurdesten Dinge einfallen lassen."

Sie versuchte, reumütig auszusehen. „Ich weiß nicht, warum immer du es bist, dem ich anscheinend diese absurden Dinge anhänge."

„Weil du mich quälst."

„Das ist so romantisch."

„Es war nicht so gemeint, Herrin des Bösen."

Sie seufzte. „Du böser Mann! Ich hatte mich gerade daran gewöhnt, dass du mich als Jungfer des Übels bezeichnest, und jetzt muss ich mich an Herrin des Bösen gewöhnen."

Er zügelte die Kutsche vor ihrem Haus.

„Du brauchst mir nicht herunterzuhelfen", sagte sie. „Es könnte gut sein, dass Miss Huntington genau jetzt aus ihrem Fenster schaut." Daphne setzte sich so zurecht, dass sie rückwärts von ihrem Sitz hinabsteigen konnte - statt die Stufen mit den Füßen zuerst auf allen vieren hinabzuklettern. Als sie auf dem Bürgersteig ankam, ging sie um die Kutsche herum, im Wissen, dass Jack seinen amüsierten Blick nicht von ihr abgewendet hatte. „Fang nur nicht an zu lachen", tadelte sie ihn.

„Was zur Hölle machst du auf meiner Seite der Kutsche?"

„Du sollst nicht verdammt sagen. Oder Teufel. Denk an unsere Kinder."

„Wir haben keine Kinder."

„Aber wir hoffen darauf. Du musst anfangen zu üben, deine böse Zunge jetzt zu beherrschen."

„Dein Vater tut das nicht."

Sie hätte fast zurückgegeben, dass ihr Vater ein Earl war, hielt aber an sich, bevor sie ihren nicht als Adligen geborenen Ehemann kränken konnte. „Daher hatte ich ein sehr gutes Beispiel dafür, was ich dem Vater meiner Kinder *nicht* zu tun erlauben werde."

„Du wirst mir nicht helfen, von dieser Kutsche zu steigen, Madam."

„Das weiß ich. Ich werde lediglich den Anschein erwecken, als würde ich meinem verletzten Mann helfen."

Er zog zornig den Atem ein, als er abzusteigen begann. Er täuschte vor, ihre Hand zu nehmen, um sich zu stützen, als seine Füße den Boden berührten.

Sie legte einen Arm um seine Taille und flüsterte. „Tue so, als ob du dich auf mich stützt."

„Wie lange glaubst du, dass es dauern wird, bis Sir Ronald mit Stricklands Adresse bei uns auftaucht?"

„Schwer zu sagen. Dieser Dandy, den meine Schwester geheiratet hat, dürfte noch dabei sein, sich aufzutakeln, während wir hier reden. Dann muss er zu White's hinüberfahren, danach hierherkommen. Frühestens in einer Stunde könnte er hier sein."

„Du weißt, dass morgen Heilig Abend ist", sagte er düster. „Da kommt der König von Spanien an."

„Ich möchte nicht nur dem Regenten die Statue zurückbringen und einen schrecklichen diplomatischen Zwischenfall verhindern, aber ich kann auch die Vorstellung nicht ertragen, zu Weihnachten nicht mit meiner ganzen Familie in Addersley Priory zu sein."

„Ich weiß, Liebes."

„Es ist kürzer, wenn wir uns einfach im Morgenzimmer hinsetzen. Das erspart uns, noch länger das Hinken vorzutäuschen."

„Dann wollen wir im Morgenzimmer bleiben."

„Dann hören wir von dort auch leichter, wenn Sir Ronald kommt."

„Da wir keine Diener haben, die uns beobachten ..."

* * *

Charlotte war vom Geräusch von Pferden vor Dryden House wachgeworden. Sie hüpfte aus ihrem Bett und spähte aus dem Fenster, überrascht, ihre Gastgeber zu sehen. Nicht nur, dass sie ausgegangen waren, obwohl es noch nicht acht Uhr war, aber ihr Kutscher war nirgends zu sehen. Beide saßen auf dem Kutschbock. Wann waren sie aufgebrochen? Und wie konnte ein Mann mit einem verstauchten Knöchel so in der Stadt herumstreifen?

Sie zog die Brauen zusammen und beobachtete, wie er aufs Haus zu gehumpelt kam, und stellte fest, dass etwas nicht stimmte. Als sie zuschaute, wurde ihr klar, was es war.

Hauptmann Dryden versuchte zu vermeiden, seinen rechten Fuß zu belasten.

Aber sie war sicher, dass er am Abend zuvor das linke Bein hochgelegt hatte - das, von dem Lady Daphne *gesagt* hatte, es wäre geschwollen, an dem Charlotte aber keine Schwellung hatte beobachten können.

Warum sollten sie über so etwas lügen? Und warum sie anlügen?

Sie wusste nicht, was vor sich ging, aber sie war sicher, dass es untrennbar mit der gestrigen Änderung der Reisepläne verbunden war.

Sie machte sich daran, sich anzuziehen. Ihr Zimmer war eiskalt, daher trug sie ihr wärmstes Merinokleid und ein dickes Umschlagtuch, das tatsächlich das einzige war, das sie besaß.

Ihre Gouvernante hatte sie gelehrt, wie man eine Treppe mit der Anmut eines Schwans hinabsteigt. Daher waren ihre Schritte so leicht, dass die Drydens sie nie hören würden.

Aber sie hörte *sie*.

„Wenn du den Michelangelo des Regenten gestohlen hast, wie schaffst du ihn aus Carlton House hinaus?", fragte Daphne ihren Mann.

„Nun, wenn Miss Huntington in der Nähe wäre, müsste ich ein verdammtes Hinken vortäuschen."

Miss Huntingtons Herz begann laut zu schlagen. Sie drehte sich um und ging auf schnellstem Wege wieder in ihr Schlafzimmer zurück, ihre Glieder bebten, als ob gerade ihr Leben bedroht worden wäre.

Wer hätte je gedacht, dass ein nettes Paar wie Lady Daphne und Hauptmann Dryden Michelangelos vom Regenten stehlen würden.

Liebe Güte. Was sollte sie nur tun? Sie konnte ihren rasenden Herzschlag nicht beruhigen.

Sie wusste nicht, wie sie ihnen ins Gesicht sehen sollte. Sie könnten den Verdacht bekommen, dass sie ihr abscheuliches Geheimnis kannte. Würde sie dann in Gefahr sein? Oh, was sollte sie nur tun?

Sie konnte es einfach nicht glauben! Lady

Daphne war der netteste Mensch, den sie je kennengelernt hatte, aber jetzt log sie ihre langjährige Freundin an. Und Hauptmann Dryden? Der Regent schwor auf ihn. Wie konnte er dieses Vertrauen missbrauchen? Wie konnte sich jeder so schrecklich in ihm geirrt haben?

Liebe Güte.

Besser, sie dachten, dass sie noch schlafen würde. Selbst wenn sie den ganzen Tag so tun musste, als würde sie schlafen, sie konnte ihnen nicht ins Gesicht sehen.

Weniger als eine Stunde später kam Sir Ronald. Nur Minuten später verließen alle drei das Haus.

Hinter ihrer Gardine hervor beobachtete sie, wie sie auf Sir Ronalds elegante Kutsche zugingen. Der Hauptmann hinkte nicht!

Ihr Herz schlug rasend und laut, sie wusste, sie musste etwas unternehmen. Aber was? An wen könnte sie sich wenden? Vor allem zwei Tage vor Weihnachten. London war von ihresgleichen verlassen. Außer ...

Ja! Sie würde zu Oberst Bond gehen müssen. Er würde wissen, was zu tun war.

Kapitel 5

Miss Huntington machte sich wieder daran, die Treppe hinab zu gehen, aber beschloss, dass sie sich ansehnlicher herrichten müsste, wenn sie den Oberst aufsuchen wollte. Sie eilte in ihr Zimmer zurück und schaute in ihren Spiegel. Wie würde ein Mann von Welt, wie Oberst Bond es war, die mäuschenhafte Miss Huntington finden?

Sie sah schrecklich blass aus. Ohne Mamas Wissen hatte Charlotte eines von Mamas alten Töpfchen mit französischem Rouge stibitzt, nachdem Mama verkündet hatte, dass sie alles hasste, was mit diesen widerwärtigen Franzosen zu tun hatte.

Dank der strengen Regeln ihrer Mutter hatte Charlotte nie zuvor Rouge benutzt. Aber heute würde sie es tun. Ganz dezent. Sie wollte ja nicht wie ein leichtes Mädchen aussehen.

Einen Moment später hatte sie das französische Rouge gefunden. Während ihrer ganzen Kindheit hatte sie fasziniert zugeschaut, wenn ihre Mutter es auftrug. Charlotte hatte immer gefunden, dass es die Erscheinung einer Dame betonte. Wenn es dezent verwendet wurde.

Sie beugte sich noch dichter zum Spiegel und begann, es aufzutragen. Ihr erster Versuch war zu auffällig. Sie wischte es ab und trug dann halb so viel auf wie sie zuvor verwendet hatte. Es war wirklich erstaunlich, wie natürlich es bei zweiten Mal aussah. Nur, dass die blässliche Miss Huntington noch nie in ihrem Leben natürliche

Rosen auf den Wangen gehabt hatte.

Jetzt, wo sie sie trug, dachte sie, dass sie ein wenig älter aussähe. Aber als sie ihr Spiegelbild betrachtete, beschloss sie, dass dieses Kleid nicht passend sein würde. Sie hatte ihr wärmstes Kleid angezogen, weil ihr Zimmer so kalt gewesen war. Und draußen würde es auch sehr kalt sein.

Die blaue Pelisse! Papa - der einzige Mann auf der Welt, der ihr je gesagt hatte, dass sie hübsch wäre - zog es vor, sie in Blau zu sehen. Weil es zu ihren Augen passte. Sie würde sie einfach über dem Wollkleid tragen, das sie anhatte, und sie würde sich weigern, sie abzulegen.

Nachdem sie die blaue Merinopelisse umgelegt und ihre Hände in den Hermelinmuff versenkt hatte, den Mama ihr zu Weihnachten geschickt hatte, machte sie sich auf den Weg zu Oberst Bonds Haus. Sie zitterte immer noch. Sie fühlte sich Lady Daphne gegenüber illoyal, weil sie so hinter ihrem Rücken vorging, aber sie konnte ihr nicht erlauben, den Plan, dem Prinzregenten einen Michelangelo zu stehlen, auszuführen. Wie, sie und der Hauptmann könnten nach Australien deportiert werden! Oder sogar Schlimmeres. Verbrechen gegen die Krone wurden schwer bestraft ... oh Gott, mit der Todesstrafe!

Wir müssen sie aufhalten.

Nur, weil die Aristokratie zu Weihnachten ihre Landhäuser aufsuchte, hieß das nicht, dass die Hauptstadt stillgestanden hätte. Nichts hätte der Wahrheit ferner liegen können. Kaum, dass sie die ruhige Straße verlassen hatte, in der die Drydens wohnten, waren die Straßen voller Leben mit rasselnden Rädern und dem Klappern von Hufen. Auf der Vauxhall Bridge Road verkauften viele armselig gekleidete Männer heiße Nüsse und eine

Sammlung ebenso zerlumpt aussehender Zuschauer spähte in die Fenster einer Druckerei.

Mama hatte ihr immer verboten, dorthin zu schauen, wo eine Menge sich ansammelte, weil es dort sicher etwas zu sehen gab, was für die Augen eines jungen Mädchens ungeeignet war. Was Charlottes Neugier nur vergrößerte. Wenn es nicht so wichtig gewesen wäre, schnell zu Oberst Bond zu kommen, hätte sie heute stehenbleiben können. Sie fing an, ihre Freiheit sehr zu genießen.

Wenn nicht diese abscheuliche Angelegenheit mit Lady Daphne und dem Hauptmann gewesen wäre.

Als sie sich dem Haus des Obersten näherte, schlug ihr Herz wie ein Hammer. *Was, wenn er nicht da ist?* Er hatte ihnen beim Abschied am Vorabend gesagt, dass er auf ihre Nachricht warten würde.

Sie ging die Stufen zur Tür hinauf und blieb stehen. Sie holte Atem und klopfte dann mit zitternder Hand an die glänzend schwarze Tür.

Zu ihrer Überraschung machte nicht sein Diener die Tür auf. Der Oberst selbst stand da. Das erinnerte sie daran, dass er seinem Diener Weihnachtsurlaub gegeben hatte.

„Miss Huntington?"

Sie brach in Tränen aus.

Er trat vor, um einen Arm um sie zu legen und sie in sein Haus zu führen. „Was kann denn nur geschehen sein? Ist Lady Daphne etwas zugestoßen?"

„Es ist alles so furchtbar." Schnief. Schnief. „Ich wusste nicht, was ich tun sollte." Schnief. Schnief.

„Liebe Güte. Kommen Sie doch in den Salon.

Dort brennt ein Feuer, an dem Sie sich wärmen können. Sie hätten an einem so furchtbar kalten Tag nicht nach draußen gehen dürfen."

Er zog einen Stuhl vor das Feuer und, nachdem sie sich gesetzt hatte, zog er einen Stuhl für sich heran und sprach mit sanfter Stimme zu ihr. „Bitte, Miss Huntington, Sie müssen mir sagen, was los ist."

„Ich wusste nicht, was ich tun sollte. Deshalb bin ich hier. Ich wusste, dass ein so welterfahrener Mann wie Sie wissen würde, wie man sich verhalten muss. Ich habe Angst, dass Lady Daphne zum Tode verurteilt werden könnte."

Er riss die Augen auf. „Meine liebe junge Dame, haben Sie den Verstand verloren?"

Sie begann zu jammern.

Er tätschelte ihren Rücken. „Tut mir schrecklich leid. Wollte Sie nicht kränken."

Er wartete, bis sie sich beruhigt hatte, dann fragte er sie erneut. „Bitte, warum glauben Sie, dass Lady Daphne zum Tod verurteilt werden könnte?"

Schnief. „Hauptmann Dryden auch."

„Lieber Gott! Von was sprechen Sie da?"

„Hauptmann Dryden hat sich nicht den Knöchel verstaucht." Sie schaute in das besorgte Gesicht des Obersten auf.

„Ich kann zwischen diesem Verdacht und einer möglichen Todesstrafe keinen Zusammenhang sehen."

Seine Augen waren, wie sie bemerkte, von der Farbe gebrannten Honigs. Wenn man Honig brennen konnte. Er sah wirklich nicht so schrecklich alt aus.

„Nun, es ist auch kein echter Zusammenhang. Nur, der Hauptmann und seine Frau haben uns angelogen. Ich habe heute Morgen etwas gehört, was nicht für mich bestimmt war."

„Was haben Sie denn gehört?", fragte er mit zusammengezogenen Brauen.

Ihr stockte der Atem, aber sie zwang sich, weiterzusprechen. Sie wollte nicht, dass der Oberst sie für ein hysterisches Mädchen hielt. Eigentlich wollte sie gar nicht, dass er sie für ein kleines Mädchen hielt. Ließen ihre rosig gefärbten Wangen sie nicht viel fraulicher aussehen? „Sie machten Pläne, einen Michelangelo aus dem Carlton House zu stehlen."

Er lachte laut heraus. „Wirklich, Miss Huntington, das könnte ich nie von Hauptmann Dryden glauben. Er ist der ehrenhafteste Mann, der mir je begegnet ist. Und außerdem ist er dem Prinzregenten gegenüber äußerst loyal. Der Regent traut Dryden mehr als jedem anderen im Königreich."

„Das erklärt, dass die Drydens Zugang zum Carlton House haben ... Oh, Oberst, ich verstehe ja, was Sie über den Hauptmann sagen. Ich habe ihn und Lady Daphne immer unglaublich bewundert. Deshalb ist das hier ja so furchtbar schmerzhaft für mich."

Der Oberst legte ihr sanft eine Hand auf die Schulter. Es war zwar dasselbe, was ihr Vater oft getan hatte, aber es berührte sie jetzt völlig anders. Eine Art von ... Glut breitete sich in ihr aus. Unerklärlicherweise fühlte es sich an, als ob warmer Honig in jede Pore ihres Körpers strömte. Obwohl ihr Verstand ihr sagte, dass sie keine Schönheit wäre, jetzt, in diesem Moment, in diesem Raum fühlte sie sich wie eine.

Was, wie sie wusste, absolut dumm war.

„Bitte, meine liebe Miss Huntington, beginnen

Sie doch am Anfang und versuchen Sie sich, an die genauen Worte zu erinnern, die sie gehört haben."

„Ich kann sie nicht vergessen, Oberst. Lady Daphne sagte: *Wenn du den Michelangelo des Regenten gestohlen hast, wie schaffst du ihn aus Carlton House hinaus?*"

Seine Brauen zogen sich besorgt zusammen. „Das klingt verdächtig, vor allem, wenn die Verletzung des Hauptmanns vorgetäuscht war. Könnten Sie erklären, wie Sie bemerkt haben, dass er uns mit seiner Verletzung nur betrogen hat?"

Sie schaute in seine (sehr schönen) Augen auf. Er sah so unglaublich sympathisch aus, sie wusste, dass sie das Richtige getan hatte, als sie hierherkam. „Können Sie sich daran erinnern, als er seinen Knöchel auf den Stuhl hochlegte?"

Er nickte.

„Können Sie mir sagen, welches Bein es war?"

„Das linke."

„Sie haben recht. Aber heute Morgen tat er so, als wollte er es vermeiden, seinen rechten Fuß zu belasten. Und da ist noch mehr."

Er hob eine Braue.

„Der Hauptmann scherzte heute Morgen mit seiner Frau und gab zu, dass er einen verstauchten Knöchel für *Miss Huntington* erfunden hätte."

„Lieber Gott, das ist sehr erschreckend. Was ist nun mit der Todesstrafe?"

„Nun, man könnte hoffen, dass sie nur deportiert werden, wenn man sie erwischt, aber wenn ihr Diebstahl als Verbrechen gegen die Krone gilt, könnte es als Verrat betrachtet werden ..."

„... auf den die Todesstrafe steht."

Sie begann laut zu weinen.

Er tätschelte ihre Schulter und redete zärtlich auf sie ein. „Schon gut, schon gut. Es kommt alles in Ordnung. Ich bin froh, dass Sie zu mir gekommen sind. Wir müssen verhindern, dass dieses Verbrechen geschieht."

„Was, wenn es schon geschehen ist?"

„Dann sorgen wir dafür, dass der Prinzregent den Michelangelo wieder zurückbekommt."

Ihre Augen trafen sich. Sie war wirklich furchtbar froh, dass sie daran gedacht hatte, hierher zu kommen. Sie wusste, sie konnte sich darauf verlassen, dass er alles in Ordnung bringen würde. Sie nickte. „Wir müssen verhindern, dass der Regent sie als die Schuldigen entlarvt."

„Wir werden unser Bestes tun."

* * *

Aus verschiedenen Gründen war Daphne froh, dass sie wieder Sir Ronalds Unterstützung hatten. Der erste gute Grund war, dass er seine eigene elegante Kutsche zur Verfügung stellte - und noch wichtiger, seinen Kutscher. Sie hatte festgestellt, dass es äußerst unangenehm war, an einem so eisigen Tag auf dem Kutschbock zu fahren.

Als sie zu dritt in der besagten eleganten Kutsche fuhren, wo Daphne sich wärmesuchend an Jack schmiegte, huschte ihr Blick zu Sir Ronald, der ihnen gegenübersaß. „Wo ist Mr. Stricklands Wohnung?" Wenn er in Herrenzimmern lebte, befürchtete sie, dass man sie nicht einlassen würde.

„Lord Harvane gab zu, dass Strickland bis zu dieser Woche ein bisschen Pech gehabt hätte. Er sagte, Strickland wohne in einer Pension von nicht allzu hohem Standard in Bloomsbury."

Bei den heute so geschäftigen Straßen würden sie ziemlich lange brauchen, um zu der Unterkunft des Mannes zu gelangen. „Werden wir an St. James vorbeikommen?", fragte sie. Ihr Ortssinn war bedauerlicher Weise ebenso schwach wie ihr Sehvermögen und anders als Letzteres nicht zu verbessern.

„In der Nähe", sagte Sir Ronald. „Warum fragen Sie? Möchten Sie gerne dorthin fahren?"

Sie und Jack drehten sich gleichzeitig zueinander um. Sie zuckte mit den Schultern.

Jack sagte: „Ich glaube, ich hätte gerne ein paar heiße Kastanien."

Sir Ronald warf ihnen einen verwirrten Blick zu. „Ich würde behaupten, dass Sie die an jeder Ecke finden können. Warum St. James?"

Sie musterte ihren Schwager. Er sah wie der perfekt gepflegte Mann aus, der er immer zu sein schien. Jedes blonde Haar auf seinem Kopf war mit solcher Perfektion zurechtgelegt, dass es aussah, als trüge er eine Perücke. Sie konnte seine Kleidung nicht beurteilen, weil er einen weiten Umhang darüber trug. Einen weiten Umhang von sehr guter Qualität. Sie konnte die glänzenden, schwarzen Reitstiefel sehen, die er trug. Sein Kammerdiener musste Stunden damit verbracht haben, sie so zum Glänzen zu bringen. Sie fragte sich, ob er - wie Brummells Kammerdiener - Champagner dazu benutzte. „Hatten wir Ihnen nicht erzählt, dass Andy Harriette Wilsons Haus beobachtet?"

Sir Ronald schaute noch verwirrter. „Andy?"

Daphne runzelte die Stirn. Sie hatten dem Baronet zuvor schon von Andys Überwachung erzählt. „Unser junger Kutscher."

„Oh ja. Er beobachtet Harriette Wilsons Haus?"
Sie nickte.

„Ich dachte", sagte Jack, „wenn wir dort anhielten, um Kastanien von dem Jungen zu kaufen, könnte er uns wissen lassen, ob er etwas Interessantes gesehen hat."

„Darauf würde ich nicht zählen. Denken Sie daran, die meisten Leute, die nicht zur Dienerschaft gehören, schlafen noch fest in ihren Betten."

Sie wusste, dass Sir Ronald vermutlich recht hatte, aber sie war gerne optimistisch. „Ich hoffe, dass Andy nicht zu sehen ist, denn das würde bedeuten ..."

„... dass er einer möglichen Spur folgt", sagte der Baronet.

Sie begegnete seinem selbstzufriedenen Blick. „Genau."

Sir Ronald zog die Aufmerksamkeit seines Kutschers auf sich und bat, dass dieser sie zuerst in die St. James Street bringen möge. Die luxuriöse Kutsche war mit Rollos ausgestattet, die offenstanden, um an einem so trüben Tag etwas Helligkeit hereinzulassen.

„Oh, sieh nur!" Daphne war begeistert, den ersten Schnee des Jahres zu sehen. „Es schneit."

„Beim Jupiter, ja", sagte Jack. „Vielleicht sollten wir alle um einen schönen kräftigen Schneesturm beten, der den König von Spanien daran hindert, die Hauptstadt zu erreichen."

Sie schaute ihren Mann böse an. „Ein solcher Sturm könnte auch uns daran hindern, Addersley Priory zu erreichen. Und das würde mir gar nicht gefallen."

Jack schaute mitfühlend und drückte ihre Hand fest.

„Wenn wir erst in Addersley sind", fügte Sir Ronald hinzu, „kann es jedoch ständig schneien - sehr zur Freude unserer Kinder."

„Oh ja", stimmte Daphne zu. „Diese Schlittenfahrten sind ein solcher Spaß." Sie kuschelte sich noch enger an Jack. „Das wird so romantisch, Liebster. Du und ich unter eine Decke gekuschelt, wenn unser Schlitten über die gefrorene Erde unter den schwer mit lockerem, weißen Schnee beladenen Ästen durchfährt."

„Die Wirkung in London ist erheblich anders, wo das Klatschen des Schnees auf dem schmutzigen Pflaster alles andere als romantisch ist." Jack spähte auf die dünne Schneedecke auf der Straße unter ihren Kutschenrädern, die sich dort in eine schmutzige Flüssigkeit verwandelte.

Nach wenigen Minuten waren sie in St. James. Jack spähte aus dem rechten, Daphne aus dem linken Fenster. Zu ihrer Enttäuschung stand Andy dort an der Ecke, die den besten Blick auf Harriette Wilsons Haus bot. „Da ist er", sagte Jack.

Sir Ronald gab dem Kutscher Zeichen, vor dem Kastanienverkäufer anzuhalten, und als die Kusche stand, sagte Jack: „Ich denke, Sir Ronald, es wäre am besten, wenn Sie mit Andy sprächen. Ich könnte von Miss Wilson erkannt werden, wenn sie zufällig aus dem Fenster schaute.

Daphne schaute zu, wie Sir Ronald hinüberging und um eine Handvoll Kastanien bat. Als Andy aufsah, traf sein Blick auf Daphne und er lächelte, um dann Sir Ronald seine volle Aufmerksamkeit zu schenken. Während Andy die Kastanien vorbereitete, unterhielten sich der Baronet - der für ihn kein Fremder war - und er.

Als Sir Ronald einen Moment später - mit

Kastanien für sie alle - zur Kutsche zurückkehrte, sagte er, Andy hätte berichtet, dass niemand das Haus verlassen oder zur Vordertür gekommen wäre, seit er das Haus beobachtete. Er sagte, er hielte auch ein Auge auf die Seiteneingänge, um zu sehen, ob irgendwelche Händler Geschäfte im Haus der Kurtisane hätten. Offensichtlich gefiel es Andy, ein neues Wort in seinem Vokabular zu haben.

Daphne runzelte die Stirn. „Ich bin enttäuscht, aber wie Sie sagten, war das so früh am Tag nicht anders zu erwarten."

„Es war gut, dass Sie ihn so früh hergeschickt haben", sagte Sir Ronald. „Haben Sie schon darüber nachgedacht, wie sie es schaffen wollen, das Haus auch heute Nacht im Auge behalten zu lassen?"

„Ich glaube, meine Frau hat ihre Hoffnung auf Strickland gesetzt."

Sie nickte. „Ich kann nicht anders. Ich bin optimistisch. Da wir weniger als vierundzwanzig Stunden haben, brauchen wir Mr. Stricklands Mitarbeit. Wir werden an seine Vaterlandsliebe appellieren, obwohl ich sehr befürchte, dass er einen Pakt mit dem Teufel abgeschlossen hat."

Sir Ronald hob fragend eine Braue.

„Wir glauben, dass d'Arblier hinter dem Diebstahl stecken könnte", sagte Jack.

„Ich verstehe", sagte Sir Ronald mit einem Nicken. „Es ist vollkommen logisch, dass eine Schlange wie d'Arblier etwas dieser Art aushecken würde, um unsere Allianz mit den Spaniern zu zerstören." Dass Sir Ronald eine hohe Stellung im Außenministerium hatte, war ein weiterer guter Grund, warum sie und Jack ihm vertrauten und auf seine Verschwiegenheit zählten.

Während der Fahrt nach Bloomsbury schaute Daphne aus dem Kutschenfenster. Während nicht viele Menschen ihrer Gesellschaftsschicht zu dieser Tageszeit wach und unterwegs waren, verstopften Händler die Straßen mit großen Gefährten. Sechs starke Pferde wurden benötigt, um einen Karren mit schwedischen Rüben zu ziehen, und ein anderer lieferte in der ganzen Hauptstadt Bier aus. Andere große Karren, die von sechs kräftigen Pferden gezogen wurden, transportierten Baumaterial: große Steinblöcke, Holzstapel und Backsteine. Dann waren da die kleineren Gefährte. Sie kamen an vielen Eselskarren und etlichen offen Wagen vorbei, die von besser gekleideten Männern gelenkt wurden.

Sie amüsierte sich so gut dabei, die große Vielfalt der Arbeiter zu beobachten, dass ihr nicht aufgefallen war, dass sie den größten Teil des Londoner East Ends durchquert hatten, als die Kutsche zum Stehen kam und der Kutsche herantrat, um ihre Tür zu öffnen.

„Wir sind schon da?"

„Liebe Frau, es hat uns fast eine Stunde gekostet, um hierher zu kommen."

„Nun, wir haben ja auch einmal angehalten." Sie schaute zu der Häuserreihe hinüber. Das Haus, vor dem sie standen, war aus roten Backsteinen gebaut und erhob sich fünf Stockwerke hoch. Seine weiße Vordertür benötigte dringend eine frische Schicht Farbe.

Ein Blick darauf überzeugte sie davon, dass sie kein Problem haben würde, Zutritt zu Mr. Stricklands Zimmern zu erlangen. Wenn es doch ein Problem geben sollte (nur: wer würde es wagen, gegenüber einer wohlgekleideten Dame, die von zwei ebenso wohlgekleideten Herren begleitet wurde, so früh am Morgen auch nur eine Braue zu heben?), konnte sie immer noch die Karte ziehen, die nie versagte, wenn es galt, ihr Türen zu öffnen: ihr Titel. Es war tatsächlich erstaunlich, wie die englische Bevölkerung den Adel verehrte.

„Er ist im obersten Stockwerk. Nummer 8", sagte Sir Ronald.

Die Vordertür war nicht verschlossen. Trotzdem blieb Sir Ronald stehen und klopfte an. Er wartete einen Moment, aber als niemand antwortete, öffnete er die Tür und zu dritt begannen sie, die Treppe hinaufzusteigen. Niemand bestritt ihre Berechtigung, dies zu tun.

Als sie im obersten Stockwerk ankamen, war sie ziemlich außer Atem. Es gab zwei Zimmerfluchten, und Nummer 8 lag zu ihrer Rechten. Sir Ronald klopfte an die Tür. „Ich schätze, der Mann schläft noch", flüsterte er.

„Flüstern ist unnötig. Wir wollen ihn ja wecken." Sie sprach mit erhobener Stimme.

Beim zweiten Mal klopfte Sir Ronald lauter. Noch immer gab es keine Antwort.

„Der Mann ist entweder schwer aufzuwecken, oder er ist nicht hier", sagte Jack.

„Oder er hat Angst, dass wir Gläubiger sind und will uns nicht beachten." Sie trat zur Tür und drehte am Türknauf. Zu ihrer Überraschung öffnete sie sich.

Jack fegte an ihr vorbei. „Ich gehe zuerst."

Mehr musste er nicht sagen. Sie wusste, er meinte: *falls es Ärger gibt*. Sie blieb zurück und erlaubte ihm, zuerst hineinzugehen, dann kam Sir Ronald als Nächster.

Bevor ihr Fuß die Schwelle überqueren konnte, rief Jack über die Schulter: „Lassen Sie Daphne nicht herein!"

Auch wenn sie noch nicht im Zimmer war, konnte sie sehen, dass es aussah, als wäre ein Wirbelsturm hindurch getobt. „Mein Liebling, es spielt für mich keine Rolle, wenn es unordentlich ist."

Sir Ronald zuckte merklich zusammen, drehte sich dann schnell zu ihr um und schüttelte den Kopf. „Sie können nicht dort hineingehen."

Ihr Blick huschte zu ihrem unglaublich düster wirkenden Ehemann. „Strickland ist ermordet worden."

Kapitel 6

„Glauben Sie, Lady Daphne und der Hauptmann sind heute Morgen zum Carlton House gefahren?", fragte Miss Huntington den Oberst.

„Das kann ich nicht sagen." Er schüttelte mürrisch den Kopf. „Ich kann es immer noch nicht glauben. Hauptmann Dryden kann nicht fähig sein, etwas Unehrenhaftes zu tun, doch habe ich volles Vertrauen, dass eine junge Frau mit gesundem Menschenverstand wie Sie weiß, was sie gehört hat."

„Wo sollen wir anfangen?", fragte sie mit ratloser Stimme.

Während er von dem Vertrauen des Mädchens in seine Fähigkeiten wirklich geschmeichelt war, gefiel es ihm nicht, etwas zu tun, was ihren Ruf gefährden könnte. Wie ohne passende Anstandsdame in seiner Kutsche zu fahren. Doch konnte er auch nicht zulassen, dass sie in das, was die Drydens planten, verstrickt wurde. Er würde ihr nicht erlauben, in ihr Haus zurückzukehren.

Er hatte das Gefühl, solange sie nur im Foyer seines Hauses einander gegenüberstanden und sich anschauten, benahm er sich, wie es sich für einen Gentleman gehörte. Sollte er sie bitten, sich in sein Morgenzimmer zu setzen? Dies nicht zu tun, könnte die arme junge Dame denken lassen, dass sie nicht willkommen wäre.

Er räusperte sich. „Bitte, Miss Huntington,

warum gehen wir nicht ins Morgenzimmer?" Da er nie gerne einer Dame den Rücken zukehrte, winkte er sie hinein und folgte ihr dann.

Das Bild, wie er sie am Tag zuvor in diesem Raum sitzend gefunden hatte, war ebenso unauslöschlich in seiner Erinnerung eingebrannt wie das Gesicht seiner seligen Mutter. Er war von ihrer Jugendlichkeit so erschüttert gewesen, und von der Tatsache, dass sie keine Begleitung hatte, um den Anstand zu wahren. Sie hatte sofort den Beschützerinstinkt in ihm geweckt. Er wollte sie nicht nur physisch beschützen - wie ein Mann es tun sollte - sondern wollte auch darauf achten, dass kein Skandal je mit ihrem Namen verbunden würde.

Sie war so ein ansprechendes kleines Ding.

Auf eine Art schien es unglaublich, dass sie sich erst einen Tag zuvor in diesem Zimmer einander vorgestellt hatten. Die vielen Stunden, die sie seither in der Gesellschaft des anderen verbracht hatten, schuf zwischen ihnen ein Band wie zwischen alten Freunden.

Als sie sich in denselben Stuhl gesetzt hatte, wo sie auch beim ersten Mal gesessen hatte, stockte unerklärlicherweise sein Atem. Er setzte sich ihr gegenüber und wurde plötzlich von ihrer ... Lieblichkeit erschüttert. Er hatte zuvor nicht bemerkt, dass ihre Augen so blau waren wie das ägäische Meer. „Es ist zu spät für uns, um ihnen zu folgen, wissen Sie", sagte er.

Sie nickte. „Und London ist zu groß. Es wäre, als suchte man eine Nadel im Heuhaufen."

„Haben Sie Grund zur Annahme, dass sie heute ins Carlton House fahren wollten?"

„Alles, was ich weiß, habe ich Ihnen schon erzählt."

„Da wir keine Ahnung haben, wohin sie fahren wollten, ist das einzige, was mir einfällt, selbst ins Carlton House zu gehen. Würden Sie Sir Ronalds Kutsche erkennen, wenn sie in der Nähe des Hauses des Regenten wartete?"

„Ich denke schon. Sie war deutlich von besserer Qualität als die meisten anderen und sah aus, als wäre sie gerade poliert worden. Es war nicht einmal ein Staubkörnchen darauf."

Er seufzte. „Wenn sie dort steht, müssen wir unbedingt Zutritt bekommen, was nicht einfach werden dürfte. Carlton House ist besser gesichert als das Schloss von Dover."

Ihr Blick huschte über seine Reisekleidung. „Vielleicht, wenn Sie Uniform trügen ..."

Er nickte nachdenklich. „Ich kann aber kaum sagen, dass ich in offiziellem Auftrag dort bin ..."

„Besteht die Möglichkeit, dass eine der Wachen Sie kennt?"

„Natürlich. Viele von ihnen haben unter mir gedient."

„Dann müssen Sie nur ihre befehlsgewohnte Haltung einnehmen."

Was für ein Juwel diese junge Frau war. Sie hatte Verstand. Sie kicherte nicht. Und sie hatte volles Vertrauen in seine Fähigkeiten.

Er wünschte sich nur, ihres Vertrauens auch würdig zu sein.

Schließlich nickte er. „Gemäß Ihrer Empfehlung werde ich meine Galauniform anziehen, aber was machen wir mit Ihnen?"

„Oh, ich muss mitkommen."

„Ins Carlton House?"

„Ja."

„Wie würde das aussehen?"

„Nicht so schlimm wie meine Anwesenheit hier

in Ihrem Haus."

Die bloße Vorstellung, dass er mit diesem Mädchen allein war, bereitete ihm plötzlich außerordentliches Unbehagen. „Ich kann Sie schlecht zu den Drydens zurückschicken ..."

Sie schüttelte den Kopf. „Nein. Ich bin im Moment viel zu aufgeregt und ihnen gegenüber zu misstrauisch."

„Und Ihre Eltern sind so weit fort ... Wie könnten wir es erklären, wenn Sie mit zum Carlton House kommen?"

„Ein Befehlshaber ist niemandem Rechenschaft schuldig."

Er warf ihr einen langen, nachdenklichen Blick zu. „Wie kommt es, dass Sie so viel über das Militär wissen?"

Sie zuckte mit den Schultern. „Mama sagt, ich wäre viel zu altklug."

Er stand auf. „Ihre Mutter hat recht."

„Wollen Sie sich jetzt umziehen?"

„Ja." Er schickte sich zum Gehen an, drehte sich aber wieder um. „Blau steht Ihnen ausgezeichnet." Warum war ihm eine solch dumme Bemerkung entschlüpft?

* * *

Daphne hörte Sir Ronalds Stimme. „Keine Bange, Dryden. Sie ist nur ohnmächtig geworden. Sie wird gleich wieder in Ordnung sein." Es schien fast, als kämen die Worte vom Boden eines tiefen Brunnens.

„Meine Frau ist nicht der Typ, der in Ohnmacht fällt.

Jack! Sie öffnete die Augen.

„Sehen Sie, alter Junge? Ich sagte Ihnen doch, dass es ihr gut geht."

Das letzte, woran sie sich erinnerte, war, wie

sie an der Schwelle zu Mr. Stricklands Zimmern stand ... und Jack ihr sagte, dass Strickland ermordet worden wäre. Wie eine Idiotin war sie in den furchtbar chaotischen Raum gestürzt ... und dann hatte sie all das Blut gesehen. Die bloße Erinnerung an diese enorme Menge Blut bereitete ihr erneut große Übelkeit.

Sie hob ihren Kopf und sah sich dem besorgten Gesicht ihres lieben Jacks gegenüber. „Bin ich ohnmächtig geworden?"

Er streichelte zärtlich ihre Wange, als er nickte. „Mir war nicht bekannt, dass meine tapfere Frau beim Anblick von Blut in Ohnmacht fallen könnte."

Das war kein Nadelstich gewesen. Es war ... oh, sie durfte nicht daran denken, oder sie würde sich erbrechen müssen. Sie hielt ihre Hand hoch. „Bitte, sprich nicht über Blut. Es war so furchtbar schrecklich."

Ihr Blick schweifte durch den Raum. „Wo sind wir?" Sie befanden sich in einem kleinen, aber ordentlichen Salon. Absolut nicht elegant genug für Sir Ronalds extravaganten Geschmack. Sie lag auf einem mit billigem Bombasin bezogenen Sofa.

„Wir haben in einem kleinen Hotel nahe bei Stricklands Unterkunft in Bloomsbury ein Zimmer genommen. Ihr Mann war vor Sorge außer sich, als Sie gar nicht reagierten, und ich dachte, es wäre das Beste, es Ihnen so schnell wie möglich bequem zu machen."

„Es tut mir leid, dass ich solche Mühe mache." Sie sah ihren Mann an. „Hat man ihm die Kehle durchgeschnitten?"

Beide Männer nickten ernst. „Der Amtmann kam schnell, aber natürlich gibt es nichts, was man da tun könnte."

Sie fuhr hoch. „Es muss das Werk des Duc sein." Jack hatte von Anfang an recht gehabt, als er glaubte, dass der Duc d'Arblier hinter diesem gemeinen Verbrechen steckte.

„Durchschnittene Kehlen sind seine Visitenkarte." Jack schüttelte den Kopf. „Stricklands Tod macht es für uns unmöglich, den Michelangelo vor dem Eintreffen von König Carlos zu finden."

„Der Duc muss erkannt haben, dass er Strickland nicht länger manipulieren könnte und misstraute ihm, dass er uns zu dem Michelangelo führen könnte." Sie sah von Jack zu Sir Ronald. „Lieber Gott, es muss doch irgendetwas geben, was wir tun können."

Aus dem düsteren Ausdruck auf ihren Gesichtern las sie, dass sie besiegt waren. „Aber wir wissen, dass Strickland den Raum nicht mit dem Michelangelo verließ."

„Können wir da sicher sein?", fragte Sir Ronald.

Jack drehte sich zu ihm. „Er hätte ihn kaum an seiner Person verbergen können. Er war viel zu groß, als dass man ihn in die Hosen hätte stecken können, und alle Männer dort - einschließlich des Regenten - waren in Hofkleidung, daher waren es mit Sicherheit Kniehosen. Und außerdem wurde jede Person in diesem Raum gründlich untersucht, bevor sie gehen durfte."

Sir Ronalds Gesicht hellte sich auf. „Und die Damen trugen auch Hofkleidung?"

„Die Frage habe ich bereits gestellt", sagte Daphne. „Alle Frauen hatten moderne Kleider an."

Sein Gesicht wurde lang. „Dann wage ich zu behaupten, dass niemand die Madonna mit Kind hätte verstecken können."

„Und wir versuchten festzustellen, ob es im

Salon des Regenten einen Platz gäbe, wo der Michelangelo hätte versteckt werden können, während Miss Wilson für Ablenkung sorgte", sagte Daphne. „Aber wir haben nichts gefunden."

Jack seufzte. „Wir werden nach Carlton House zurückkehren müssen. Wir müssen etwas übersehen haben." Sein zärtlicher Blick flog über sie wie der Hauch eines Kusses. „Fühlst du dich wohl genug, um mitzukommen, Liebes?"

Sein derzeitiges Benehmen als besorgter Ehemann erinnerte sie daran, wie wundervoll er auf ihrer unterbrochenen Hochzeitsreise gewesen war, als sie bei der Überfahrt über den Kanal so krank geworden war. In beide Richtungen.

Jeder, einschließlich ihr eigener Mann, hatte nur schwer glauben können, dass eine willensstarke, kräftige, allgemein gesunde Frau wie Lord Sidworths älteste Tochter einen schwachen Magen haben könnte.

Ihr liebster Jack hatte jedes Mal, wenn ihr Magen ihre Standhaftigkeit Lügen strafte, geglaubt, dass eine schreckliche Krankheit sie befallen hätte.

„Ich könnte einen Highland Fling tanzen." Sie kam auf die Füße und wirbelte herum. Was am Ende doch keine so gute Idee war. Ihr Magen war ein bisschen unruhig. Sie nahm an, weil sie die Vorstellung von all dem Blut, das sie gesehen hatte, nicht ganz unterdrücken konnte. Ganz gleich, wie sehr sie es versuchte.

„Ein Spaziergang auf deinen eigenen Füßen wird völlig ausreichen, meine Füchsin. Ich möchte dich nicht noch einmal drei Stockwerke hinauftragen müssen."

* * *

Auch ohne eine Einladung des Prinzregenten

erkannten die Soldaten Jack und Sir Ronald ohne Weiteres und ließen sie in Carlton House ein.

„Seine Königliche Hoheit ist im Blauen Zimmer", teilte ein freundlich aussehendes Mitglied der Leibgarde ihnen mit, als sie die Treppe erreichten. Das war das Zimmer, in dem Jack den Prinzregenten zuerst kennengelernt hatte.

Jack wandte sich an seine Frau. „Ich bin froh, dass ich dich nicht all diese Stufen hochtragen muss." Dann stiegen die drei eine von zwei symmetrisch geschwungenen Treppen hinauf, die die opulente Eingangshalle beherrschten.

Im Blauen Zimmer waren mehr als zwanzig Menschen versammelt und der Regent lief gerade durch den Raum, während er mit ihnen sprach. Jack war etwas überrascht, weil der Mann bekanntlich so träge war, dass er seinen Beinen selten erlaubte, ihn zu tragen.

Als er Jack sah, hellten ein Lächeln und ein Zucken einer Braue sein Gesicht auf. „Mein lieber Hauptmann, darf ich hoffen, dass Sie gute Neuigkeiten für mich haben?"

Jacks Gesicht wurde lang und er schüttelte ernst den Kopf, als er sich vor seinem Herrscher verbeugte. „Ich bitte um eine private Unterredung mit Eurer Königlichen Hoheit."

„Ja, natürlich." Da erblickte der Regent Sir Ronald und nickte ihm zu, als der Baronet sich verbeugte und Daphne knickste. „Sir Ronald, ich bin es nicht gewöhnt, Sie ohne Lord Castlereagh zu sehen." Als der Blick des Regenten zu Daphne huschte, lächelte er und nickte. „Aber jetzt fällt mir ein, dass Sie mit einer von Lady Daphnes Schwestern verheiratet sind. Ich nehme an, die Drydens haben Ihnen von diesem furchtbaren

Diebstahl erzählt?"

Sir Ronald nickte.

„Wir haben Strickland gefunden", sagte Jack mit grimmigem Gesicht. „Ermordet. Man hat ihm die Kehle durchgeschnitten."

Der Regent zuckte zusammen. „Lieber Gott, er muss derjenige gewesen sein, der den Diebstahl begangen hat!"

Zwischen Daphnes Brauen bildete sich eine Falte. „Aber sagten Sie nicht, dass Sie schwören könnten, dass niemand das Zimmer verlassen durfte, bevor nicht feststand, dass er den Michelangelo nicht bei sich hätte?"

Der Regent nickte. „Das stimmt."

„Es mag eine dumme Idee sein", sagte Daphne, „aber wir würden gerne den Salon noch einmal durchsuchen."

Der Blick des Regenten huschte zu der Gruppe seiner Besucher. „Ich bin jetzt hier nicht abkömmlich, aber ich lasse meinen Sekretär Sie in den Raum führen."

Als sie dorthin kamen, stand Daphne inmitten des Zimmers und nickte feierlich. „Ich kann es in meinen Knochen spüren. Die Madonna mit Kind ist irgendwo hier drinnen."

Jack nickte. „Aber wo?"

Sir Ronald ging zuerst zu den dicken Wänden, die jedes der hohen Fenster einrahmten und suchte nach einem versteckten Fach.

Daphne durchsuchte noch einmal den reichverzierten Palastschrank und begann, jede Tür zu öffnen und ihren Kopf tief ins Innere zu stecken. Als sie nichts fand, ließ sie sich auf Hände und Knie nieder und begann, an den schönen Aubussonteppichen entlang zu kriechen und die Holzböden darunter abzuklopfen. „Komm und hilf mir, Jack. Es gibt eine große Fläche Boden abzusuchen."

Jack stand nur da. Er dachte nach. Er war sich fast sicher, dass der Duc d'Arblier für den Diebstahl verantwortlich war. Und der Duc hatte unbegrenzte finanzielle Mittel. Mit Sicherheit brauchte er kein Geld. Dann also ...? Der ganze Zweck des Verbrechens war, König Carlos glauben zu machen, dass der Regent so wenig von dem umwerfenden Geschenk hielt, dass er es verkauft hatte.

Der Duc musste hoffen, dass König Carlos so empört sein würde, dass er sich mit den Franzosen verbündete.

Also ... wenn die Absicht des Duc sich nicht auf den Wert des Michelangelos richtete, schien es für Jack völlig logisch, dass der Duc, dem klar sein musste, wie schwierig es werden würde, die Madonna mit Kind aus dem Carlton House herauszubekommen, sie einfach von Strickland hatte verstecken lassen. Aber wo?

Jack wandte sich an den Sekretär des Regenten. „Wissen Sie eventuell, ob irgendetwas in diesem Raum neu ist?"

Der Mann nickte. „Zufällig ja, das neue Cembalo wurde erst vor einem Monat angeschafft. Der Regent liebt die Musik sehr."

Jack und Daphne flogen beide zu dem Instrument hinüber. Es war vielleicht das größte Cembalo, das Jack je gesehen hatte. Von der Tastatur bis zu dem geschwungenen Rücken musste es eine Fläche von zwölf Fuß oder mehr bedecken. Das Rosenholz, aus dem es gemacht war, war so glänzend poliert, dass es das Gemälde von Romney, das darüber hing, spiegelte. Jack hob den Deckel, aber dort drinnen war kein Platz,

wo der Michelangelo hätte versteckt werden
können.

Dann ließ Jack sich auf Hände und Knie nieder
und kroch unter das Instrument. Er schaute auf
und sah eine flache Holzkiste, die aus dem
gleichen Holz bestand wie der Unterteil des
Cembalos. Ein zufälliger Betrachter hätte gedacht,
dass sie ein Bestandteil des Instruments war.

Jack war kein zufälliger Betrachter.

Das verdammte Ding war zur gleichen Zeit wie
das Cembalo erbaut worden, genau zu dem
Zweck, etwas Schmales dort verstecken zu
können. Das Problem war, dass es zu schmal war,
um den Michelangelo aufzunehmen. Hatte man
ihnen die genauen Maße gegeben?

Es lohnte sich jedenfalls, genauer hinzusehen.

Sein Herzschlag beschleunigte sich, als er sich
näher heranschob und herumtastete, bis er die
Öffnung fand. Ein hölzernes Rechteck öffnete sich
an Scharnieren. Als er etwas Weißes darin sah,
raste sein Puls. *Das musste die Madonna mit Kind
sein.*

Er griff in das dunkle Loch und hob es
vorsichtig heraus. Selbst im schwachen Licht
unter dem Cembalo erkannte er die verschleierte
Frau als die Madonna, aber es war nur ihr Kopf!
Das Baby in ihre Armen war noch in der dunklen
Kiste. *Der Bastard hatte sie zerbrochen!* „Ich habe
sie gefunden."

* * *

Sobald sie vor Carlton House ankamen,
erkannte Charlotte problemlos Sir Ronalds
Kutsche. Oberst Bond holte tief Atem. „Jetzt
müssen wir sehen, ob wir Zutritt erhalten."

Als er ihr einen Moment später aus der
Kutsche half, sagte sie: „Denken Sie daran, sich

so zu benehmen, als hätten Sie den Befehl über diese jungen Wachen." Sie schaute in seine dunklen Augen. „Das sollte einem Mann, der wie sie zum Befehlen geboren ist, leichtfallen."

„Vielleicht wäre es ein besserer Plan, unsere enge Verbindung zu Hauptmann Dryden zu nutzen. Die meisten dieser jungen Kerle kennen ihn."

„Das ist auch wahr." Sie legte ihre Hand auf seinen Arm. Das war eine so neue Erfahrung für sie. Sie hatte sich in den letzten vierundzwanzig Stunden so oft bei ihm eingehängt, dass sie das Gefühl hatte, als wären sie alte Freunde. Dass er zwei Jahrzehnte älter war als sie, kam ihr nicht länger in den Sinn. Sie genoss diese Freiheit so sehr.

Und eine Partnerin des Obersten zu sein.

Sie hatte Angst, daran zu denken, dass sie nach Weihnachten vermutlich die Aufforderung erhalten würde, nach St. Petersburg zu kommen.

Sie gingen auf einen einzelnen Wachsoldaten zu, der hoch aufgerichtet mit Gewehr und Bajonett in seiner winzigen Wachhütte stand, die eine von einem Paar auf beiden Seiten des Tores war. Der Soldat salutierte vor dem höherrangigen Offizier. „Sie sind mit Hauptmann Dryden bekannt?", fragte der Oberst.

„Ja, Sir. Er ist vor ein paar Minuten angekommen."

Gott sei Dank waren sie noch nicht lange hier. Charlotte war sich jetzt sicher, dass sie und der Oberst in der Lage sein würden, den diebischen Plan der Drydens zu durchkreuzen.

„Das weiß ich durchaus", sagte der Oberst im Befehlston. „Hat er Ihnen nicht gesagt, dass ich gleich nachkommen würde?"

Der Soldat schüttelte den Kopf. „Tut mir leid, Sir. Das hat er nicht."

Der Oberst runzelte die Stirn. „Verdammt! Ich werde mich für meine Verspätung entschuldigen müssen. Der Prinzregent wird nicht erfreut sein, wenn meinetwegen diese sehr wichtige Besprechung zu spät anfängt." Ohne darauf zu warten, dass der junge Soldat ihm erlaubte einzutreten, tätschelte er leicht Charlottes auf seinem Ärmel liegende Hand und marschierte in den Außenhof des Carlton House.

Zu ihrer Überraschung sprach niemand sie an. Sie sah mit Bewunderung in ihren Augen zu dem Oberst auf. „Sie waren großartig."

Er klopfte ihr wieder auf die Hand. „Ich tue nur, was Sie vorgeschlagen haben."

Sie waren wirklich ein gutes Team. Wie schade, dass sie eine Woche später wahrscheinlich auf dem Weg nach St. Petersburg sein und Oberst Bond niemals wiedersehen würde.

Plötzlich erkannte sie, dass sie ihn mehr als jeden anderen vermissen würde.

In Carlton House angelangt, nutzte der Oberst seine Arroganz, um zu verlangen, dass man ihm sagte, wohin Hauptmann Dryden gegangen wäre.

„Er ist oben im ersten Stock, im Blauen Zimmer mit dem Regenten, Sir."

„Bitte, ich bin noch nie dort gewesen", sagte der Oberst. „Welches Zimmer ist das?"

Die Wache schaute zu der Galerie im ersten Stock hinauf. Direkt hinter dem Geländer lagen einige weiße, goldverzierte Türen im Abstand von etwa zwanzig Fuß. „Es ist das Zimmer direkt dort in der Mitte, Sir."

Als sie und der Oberst die Treppe hinaufstiegen, schlug ihr Herz laut. Sie war noch

nie in Carlton House gewesen. Sie hatte auch den
Prinzregenten noch nie getroffen. Und sie hatte
noch nie zuvor versucht, einen Freund vor dem
Galgen zu bewahren. „Ich hoffe, dass wir nicht zu
spät kommen", flüsterte sie ihrem Begleiter mit
zitternder Stimme zu.

„Ich denke, es ist ein glücklicher Umstand,
dass wir kurz nach den Drydens eingetroffen
sind."

Sie blieben vor den geschlossenen Türen zum
Blauen Zimmer stehen und der Oberst zwang sich
erneut, mit unerträglicher Arroganz zu dem Paar
dort stehender Diener zu sprechen. „Bitte melden
Sie Seiner Königliche Hoheit Oberst Bond und
Miss Huntington."

Wieder einmal war sie schockiert, wie einfach
die Forderungen des Obersten erfüllt wurden.

Als eine der Türen langsam aufschwang, schlug
ihr das Herz bis zum Hals und ihr Blick huschte
über jede Person im Raum. Sie erkannte den
Prinzregenten sofort, obwohl er nicht auf einem
Thron saß. Er ging zwischen den etwa zwei
Dutzend Menschen im Zimmer herum.

Jack und Daphne waren nicht dort. Was
bedeutete, dass sie dorthin gegangen waren, wo
auch immer der Regent den Michelangelo
aufbewahrte. Sie mussten herausfinden, wo das
war, um den Diebstahl verhindern zu können. Sie
zitterte so sehr, dass sie fürchtete, andere
könnten es bemerken.

Da drehte der Regent sich um und starrte sie
und den Oberst an. Sie versank in einen tiefen
Knicks und der Oberst machte eine angemessene
Verbeugung.

„Bitte", sagte der Regent steif zum Oberst, „hier
muss ein Missverständnis vorliegen. Dies ist eine

private Gesellschaft für meine jetzt in England wohnenden Verwandten."

„Verzeihen Sie uns bitte unsere Störung, Königliche Hoheit", sagte der Oberst. „Wir suchen Hauptmann Dryden."

Die Augen des Regenten wurden schmal. „Er und Lady Daphne wurden vor ein paar Minuten hinausbegleitet und es ist mir nicht möglich, Ihnen zu sagen, wo sie sich befinden." Ein gequälter Ausdruck huschte über sein Gesicht. „Scheußliche Angelegenheit. Selbst wenn der Mann mich bestohlen hat, gefällt es mir nicht, dass ihm die Kehle durchgeschnitten wurde.

„Hauptmann Dryden!", kreischte Charlotte und fiel prompt in Ohnmacht.

* * *

Oberst Bond war nicht sicher, was ihn mehr erschreckte - die Ermordung Hauptmann Drydens oder Miss Huntingtons Ohnmacht. Er fiel auf die Knie und zog sie in seine Arme. „Oh, meine liebste Charlotte!"

In genau diesem Moment öffneten sich die Türen und Dryden kam in den Raum; er trug eine kleine weiße Marmorstatue - der Oberst hielt es jedenfalls für Marmor - die wie eine Madonna mit Kind aussah, nur fehlte der Kopf der Madonna. „Ja, da laust mich doch der Affe. Sie leben!"

Jack warf ihm einen schrägen Blick zu.

„Soll das der Michelangelo sein?" Der Blick des Obersten flog an dem Hauptmann vorbei. Lady Daphne trug den Kopf der Madonna herein.

„So ist es."

Der Regent eilte auf Dryden zu. „Ich wusste, Sie würden mich nicht im Stich lassen. Das haben Sie noch nie." Dann sah er, dass die Statue zerbrochen war und ließ eine Reihe von Flüchen hören.

„Ich glaube, Sie können sie ausreichend wiederherstellen lassen, sodass sie während des Besuchs des Königs ansehnlich ist", sagte Jack.

Während sie sprachen, streichelte Oberst Bond weiter das arme Mädchen in seinen Armen und rief sich ihre Worte in Erinnerung. Anscheinend waren der Hauptmann und Lady Daphne vom Regenten gerufen worden, um die vermisste Statue zu finden, und als Miss Huntington sie belauschte, hatten sie sich lediglich hypothetische Fragen über den Aufenthaltsort dieser kleinen Statue gestellt, die dem Regenten anscheinend gestohlen worden war.

Große Erleichterung überkam ihn, dass der Hauptmann lebte - und unschuldig war. Aber es gefiel ihm gar nicht, wie leblos die arme Charlotte war. Er wiegte sie und murmelte: „Meine liebste Charlotte."

Lady Daphne schaute mit verwirrtem Blick auf Miss Huntington, nachdem sie in den Raum gekommen war. „Was ist nur mit Miss Huntington los?" Ihre Stimme klang besorgt.

Da wurde dem Oberst klar, dass er das arme Mädchen unabsichtlich bei ihrem Vornamen genannt hatte. Liebe Güte. Was würden die anderen denken?

Bevor er Lady Daphne eine Antwort geben konnte, öffnete Miss Huntington ihre Augen. Ein sanftes Lächeln spielte um ihre Lippen, als ihre Augen seinen begegneten, dann sah sie Hauptmann Dryden und sprang hoch. „Ich dachte, Sie wären tot!"

„Aber Liebste", sagte Lady Daphne zu Miss Huntington, „wir haben Ihnen eine Nachricht hinterlassen. Warum dachten sie, Jack wäre gestorben?"

Miss Huntingtons Blick zielte auf den Regenten. „Sagte seine Königliche Hoheit nicht, ihm wäre die Kehle ... durchgeschnitten worden?"

„Oh, er sprach nicht von Jack." Lady Daphne schaute zum Prinzregenten, versank in einen Knicks und fragte dann: „Habe ich Ihre Erlaubnis, unseren lieben Freunden zu erklären, was uns die letzten beiden Tage beschäftigt hat, Königliche Hoheit?"

Der Regent strahlte sie an. „Ich kann Ihnen und dem Hauptmann nichts abschlagen, meine liebe Lady Daphne."

Daphne erzählte ihnen dann von den Vorgängen, die sie bis jetzt von ihrer Reise nach Addersley Priory zu Weihnachten abgehalten hatten.

„Es ist noch recht früh am Tag", sagte Jack. „Wenn wir jetzt gehen, können wir Andy holen und es rechtzeitig zu Weihnachten nach Addersley schaffen. Ist das allen recht?"

Alle waren einverstanden.

Miss Huntington kam mit Hilfe des Obersten auf die Beine. Er betete nur, dass sie nicht gehört hatte, wie er ihren Vornamen wie ein verliebter Schuljunge herausgeblökt hatte.

Kapitel 7

Addersley Priory, Weihnachtsabend
Charlotte Huntington *hatte* gehört, wie der Oberst sie so vertraulich anredete wie ein Bruder es tun würde. Oder ein Vater. Oder, dachte sie mit flatterndem Herzen, wie ein *Liebster*. Die bloße Vorstellung, dass Oberst Bond ihr Liebster sein könnte, erfüllte sie mit einem unglaublichen Wohlgefühl - anders als alles, was sie bisher empfunden hatte.

So dumm das schien, wann immer sie mit Oberst Bond zusammen war, fühlte sie sich wie eine Schönheit. Sie hatte sich nie zuvor auch nur leidlich hübsch gefühlt, obwohl ihr Vater (der durch seine Liebe zu ihr völlig blind war), immer gesagt hatte, sie wäre schön. Es war auch nicht so, dass der Oberst ihr je gesagt hätte, dass er sie hübsch fände. Er hatte nur gesagt, Blau stünde ihr. Außer Papa war er bestimmt der einzige Mann, der sie je so weit beachtet hatte, dass er feststellen konnte, welche Farbe ihre Augen hatten.

Oberst Bond musste ihr nicht sagen, dass sie (in seinen Augen) hübsch war. Sie konnte es spüren. Wann immer sie mit ihm zusammen war, spürte sie es so genau wie Papas Liebe.

Während der langen Stunden der Kutschfahrt nach Addersley Priory war sie so glücklich und zufrieden gewesen wie ein Kätzchen, das auf einer sonnigen Fensterbank schnurrt. Wann immer der Arm des Obersten ihren berührte, wurde sie von

Gefühlen fast überwältigt, wie sie sie noch nie erlebt hatte.

Ihr gefiel die Vorstellung, wie ihre Körper sich berührten. Sie ertappte sich dabei, sich zu fragen, wie es wäre, von dem lieben Mann geküsst zu werden. Mehr und mehr verlangte es sie danach, von ihm geküsst zu werden.

Sie liebte es, in seiner Nähe zu sein. In der Tat war sie davon überzeugt, dass sie auf Erden weilte, um mit Oberst Bond zusammen zu sein. Sie schaute auf seinen muskulösen Oberschenkel, der parallel zu ihrem lag, ihn fast berührte, und ein berauschendes Gefühl des Verlangens überkam sie. Keine andere Frau war bei ihm. Nur Charlotte Huntington.

Sie erinnerte sich immer wieder an seine angsterfüllten Worte. *Meine liebste Charlotte.* Es waren die willkommensten Worte, die sie je gehört hatte.

Als sie endlich im weitläufigen Addersley ankamen, überkam sie ein tiefes Gefühl von Verlust. Sie wäre völlig zufrieden damit gewesen, nie aus dieser Kutsche auszusteigen - solange der Oberst neben ihr saß.

Was würde jetzt geschehen? Sie würden zu ihrem jeweiligen Zimmer, vermutlich in getrennten Flügeln, gehen und nicht länger die Gelegenheit haben, allein miteinander zu sein. Der Gedanke daran war fast, als ob man den Tod eines alten Freundes erlitte.

Sein langes Schweigen in der Kutsche, das hatte sie instinktiv verstanden, war durch den jetzt peinlich wirkenden Versprecher verursacht, der ihn *Meine liebste Charlotte* hatte ausrufen lassen.

Was konnte sie tun, um zu verhindern, dass sie

in ihre voneinander getrennten Welten auseinander drifteten? Sie wusste, dass er zu sehr Gentleman war, als dass er sich in der Lage sehen würde, einem Mädchen, das halb so alt war wie er, einen Antrag zu machen. Sie wusste, dass der edle Mann die Lage so beurteilen würde.

Als er ihr seine Hand bot, um ihr beim Aussteigen aus der Kutsche zu helfen, wünschte sie, sie dürfte sie festhalten.

Aber das ging ja nicht.

Daphne sprudelte vor Freude, wie schön Addersley wäre, so von Pulverschnee bedeckt, als sie und der Hauptmann glücklich Hand in Hand zur Vordertür schlenderten, die mit frischem Stechpalmenzweigen geschmückt war. Wie glücklich sie und der Hauptmann mit ihrer innigen Liebe zueinander waren.

Charlotte legte traurig ihre Hand auf den Ärmel des Obersten, aber er war ungewöhnlich still. War es möglich, dass seine Gedanken so trübsinnig waren wie ihre?

* * *

Erst, als er die Einladung erhielt, Weihnachten in Addersley zu verbringen, war Oberst Bond klar geworden, wie einsam sein Leben war. Er hatte keine Familie und schon zu viele Christfeste allein mit der Erinnerung an seine längst verstorbenen Lieben verbracht.

Dann hatte Miss Huntington sein tristes Dasein wie eine frische Brise vom Lande am nebligsten Tag in London aufgehellt. Er hasste die Aussicht, sie wieder zu verlieren. Aber er würde sie verlieren. Er durfte sich nicht wie ein alter Narr benehmen und einer schönen jungen Dame einen Antrag machen, die jung genug war, um seine Tochter zu sein. Ein Mann hatte seinen Stolz.

Obwohl die Vorstellung, ihr neuerworbener Freund zu sein, sein Herz erwärmte, wünschte er sich mehr als nur Freundschaft von ihr. Er wollte immer mit ihr zusammen sein.

Lieber Gott! Was dachte er da? In vier Jahrzehnten hatte Oberst Bond nie den Wunsch verspürt, an eine Frau gebunden zu sein. Schluck, *verheiratet* zu sein.

Als die süße, kleine Miss Huntington sich der Laterne neben Addersleys Vordertür näherte und das gelbliche Licht auf ihr junges Gesicht schien, raubte die Sehnsucht, sie zu besitzen, ihm fast den Atem.

Direkt, bevor sie ins Haus trat, schaute sie mit einem rätselhaften Blick zu ihm auf, bevor ihre Wimpern sich senkten.

Und sie betrat das Haus, wo ein Dutzend Mitglieder von Lord Sidworths Familie sich um sie scharten.

* * *

Das Weihnachtsscheit lag im Feuer und die Kinder kicherten, während sie die Fenster mit Stechpalmenzweigen schmückten. Lord Sidworth glitt neben Daphne und flüsterte: „Sag, Daphne, konntet du und dein Mann dort dem Regenten helfen?"

Ihre Augen verzogen sich zu schmalen Schlitzen, sie stemmte die Hände in die Hüften. „Mein Ehemann dort hat einen Namen."

Lord Sidworth verzog sein Gesicht. „Hauptmann. Hauptmann Rich."

„Du weißt sehr gut, dass sein Name nicht Rich ist!"

„Es war schwierig für mich, zu sehen, wie meine Älteste den Namen eines anderen Mannes annahm, und das weißt du sehr gut."

Sie küsste ihren Papa schnell auf die Wange. „Und es ist schwierig für mich, böse auf dich zu sein. Was die Angelegenheit mit dem Regenten angeht, dürfen wir jetzt darüber sprechen und ich kann dir sagen, dass Jack und ich - mit der Hilfe des guten Sir Ronald - in der Lage waren, der Krone ein höchst kostbares Stück zurückzubringen und eine nationale Katastrophe abzuwenden."

„Ich habe ein paar großartige Schwiegersöhne."

Sie lächelte wie jemand, der zu viel Würzwein getrunken hat. „Und mein lieber Jack ist dein Favorit."

Er beugte sich vor und flüsterte ihr ins Ohr. „Stimmt, aber verrate das niemandem."

Sie schaute auf, als Mamas Zofe die massive Holztreppe des alten Tudorhauses herunterkam. „Da kommt Claire. Ich habe sie dein Schmucketui aus meinem alten Zimmer holen lassen."

„Bitte, Claire, gib es doch Lord Sidworth", sagte Daphne.

Als ihre Geschwister sahen, wie der Earl das Schmucketui an seine Brust drückte, wussten sie, dass es für sie alle Zeit war, sich zur Geschenkverteilung für die Erwachsenen zu versammeln. Sie verteilten sich auf den vielen Sesseln und Sofas, die in dem gemütlichen Salon standen.

Lord Sidworth erhob sich. „Zu Ehren meines fünfundzwanzigsten Weihnachtsfestes mit der wunderbarsten Frau des Königreichs möchte ich ihr in diesem Jahr ein besonderes Geschenk machen." Unter seinen buschigen Brauen bildeten sich Fältchen, als er seine Gräfin ansah.

Daphne wünschte, sie würde, wenn sie so alt wäre wie ihre Mutter, noch halb so schön aussehen. Lady Sidworth, die in einem hübschen blauen Kleid auf einem goldfarbenen Damastsofa saß, strahlte ihren Mann an, während sie ihren ältesten Enkel auf dem Schoß hielt. Einen Moment dachte Daphne, sie wäre genauso schön wie die Madonna mit Kind, die sie im Carlton House wiedergefunden hatten.

Lord Sidworth, aus dessen Augen seine Liebe leuchtete, ging zu seiner Frau. Er kam und verbeugte sich vor ihr, bevor er ihr die karmesinrote Samtschachtel präsentierte.

„Wie groß sie ist", rief sie aus.

„Sieh selbst nach", sagte ihr Mann mit einem selbstzufriedenen Lächeln auf seinem faltigen Gesicht.

Ihre blauen Augen waren rund vor Erwartung, sie öffnete sie und war sprachlos, als diese so blauen Steine herausflossen.

„Sie passen zu deinen schönen Augen", sagte Lord Sidworth sanft.

Daphne erschrak, weil ihre Mutter nicht in der Lage war zu sprechen, aber schließlich fand sie ihre Stimme wieder.

„Ich muss sagen, Siddy, nicht einmal die Königin besitzt etwas so Überwältigendes."

„Du bist meine Königin", sagte er mit tiefem Gefühl in der Stimme. „Erlaube mir, meiner schönen Frau die Halskette anzulegen."

Daphne drehte sich zu Jack um, der neben ihr auf dem Sofa gegenüber ihrer Mutter saß. Er drückte ihre Hand und flüsterte: „So, wie du meine Königin bist, meine Füchsin."

„Und du warst immer mein unvergleichlicher Hauptmann." Sie schaute noch einmal zu Mamas Zofe hinüber und nickte. Sie kam zu ihnen, griff in ihre Tasche und zog eine kleine Schachtel heraus. Daphne nahm sie.

„Bevor ich dir mein Geschenk gebe, Liebster, muss ich dich daran erinnern, dass du einmal gebeten hast ..."

Sein schönes Gesicht strahlte. „Eine Miniatur von dir!"

Sie war unglaublich dankbar, dass er sich daran erinnerte. „Du hast ständig davon gesprochen, als du aus Brighton zurückkamst."

Er hob ihre Hand und küsste sie. „Das war eine scheußliche Trennungszeit."

Er nahm die Schachtel, öffnete sie und schaute ebenso zärtlich darauf wie Lady Sidworth es bei ihren nahezu unbezahlbaren Saphiren getan hatte.

„Der Maler schlug vor, ich sollte meine Brille ablegen, aber ich sagte ihm, dass mein Mann mir versicherte, dass er mich mit ihr möge, obwohl ich nicht verstehe, wie das sein kann."

„War ich nicht immer ehrlich zu dir?"

Sie nickte. „Du bist immer und zu jedem ehrlich."

Er nahm die Miniatur aus der Schachtel und hielt sie in seiner Hand. Sie sah in seiner großen Hand viel kleiner aus als sie in ihrer gewirkt hatte. Er schaute sie lange an. „Das ist das kostbarste Geschenk, das ich je bekommen habe."

Es war ihr gleichgültig, dass das Zimmer voller Menschen war, einschließlich des schüchternen jungen Mädchens, Miss Huntington. Sie konnte nicht anders, als ihren Mann gleich zu küssen.

Der arme Jack sah äußerst verlegen aus.

Während der Rest der Familie Geschenke austauschte, stand sie auf und ging, um ihr Geschenk für Miss Huntington zu holen.

„Lady Daphne, das hätten Sie nicht tun

müssen!", sagte diese, als Daphne ihr ein Geschenk überreichte.

„Jeder spricht über dieses Buch", sagte Daphne.

Miss Huntington öffnete es. „Oh! *Stolz und Vorurteil!* Das wollte ich so gerne haben! Ich danke Ihnen sehr herzlich, Lady Daphne."

Lady Sidworth kam ebenfalls, um Miss Huntington ein Geschenk zu überreichen. „Oh, Lady Sidworth, Sie sehen mit Ihrer neuen Halskette so wunderschön aus."

Daphne stimmte ihr zu. „Papa hat sich selbst übertroffen. Sie ist wirklich umwerfend."

„Ich war in meinem Leben noch nicht so überrascht", sagte Lady Sidworth. „Von jetzt an werde ich die beste aller Ehefrauen sein müssen."

„Das bist du bereits", sagte Daphne.

Lady Sidworth überreichte Miss Huntington eine hübsche, bemalte Schachtel. „Ich habe mich so gefreut, als ich erfuhr, dass Sie Weihnachten mit uns verbringe würden, Miss Huntington. Ich habe das gleiche Geschenk für Sie besorgt, das jede meine Töchter bekommt."

Miss Huntington hob den Deckel der Schachtel und stieß einen leisen Schrei aus. „Oh, aber das ist viel zu schön!"

„Pah! Ich hatte unseren lieben Freund, der bei der Ostindischen Gesellschaft ist, gebeten, mit ein Dutzend mitzubringen, als er im März aus Indien zurückkehrte."

Daphne fehlte jegliches Interesse an Kleidern, aber selbst sie bewunderte diese Kaschmirschals wegen ihrer unglaublichen Weichheit und war entzückt, dass sie auch einen bekommen würde.

Miss Huntington warf einen halb schuldbewussten Blick auf den Oberst. „Dies ist eines der schönsten Weihnachtsfeste, die ich je gehabt habe, obwohl meine Familie weit fort ist."

„Das freut uns sehr, meine Liebe", sagte Lady Sidworth.

Daphne wurde klar, dass Miss Huntington so schuldbewusst zu Oberst Bond hinübersah, weil sie Geschenke bekam und sie nichts für ihn hatten - da niemand gewusst hatte, dass er Weihnachten bei ihnen verbringen würde. Was sie sich wirklich abscheulich fühlen ließ.

Nachdem die Geschenke ausgetauscht worden waren, schlug Jack vor, dass er, Daphne, der Oberst und Miss Huntington eine Schlittenfahrt unternehmen sollten, bevor sie sich für die Nacht zurückzögen.

Miss Huntingtons Gesichtsausdruck wechselte von betrübt auf strahlend. „Das würde mir besser gefallen als alles andere." Sie stand auf. „Ich gehe nur meinen Umhang holen."

„Das werde ich auch tun", sagte der Oberst. „Vergessen Sie ihren Pelzmuff nicht", sagte er zu Miss Huntington. „Es ist tierisch kalt da draußen."

Als Jack und Daphne in ihrem alten Schlafzimmer waren, küssten sie sich zärtlich, bevor sie ihre warme Oberbekleidung zusammensuchten. „Ist dir nicht aufgefallen", sagte Jack, „dass Miss Huntington und der Oberst ein bisschen zu flirten scheinen?"

Daphne wirbelte mit offenem Mund herum. „Wie, er ist alt genug, um ihr Vater zu sein. Und außerdem bemerken Männer Frauen, die so aussehen wie sie, nicht. Sie hat die gleichen körperlichen Mängel wie ich."

Ein spöttisches Funkeln blitze in Jacks Augen. „Mir wäre nicht aufgefallen, dass Miss Huntington eine Brille braucht."

Sie warf ihm einen vorgetäuscht bösen Blick zu, ihre Augen lachten. „Ich spreche von meinem zu kleinen Busen, Dummchen."

„Ich versichere dir, für einen verliebten Mann ist ein sogenannter Mangel unbedeutend."

Sie lehnte sich für einen weiteren süßen Kuss in seine Arme. „Wie schön." Wie glücklich sie war, dass sie Jacks Liebe errungen hatte.

„Ich habe auch gesehen, wie anders Miss Huntington ist, wenn sie mit dem Oberst zusammen ist", sagte Jack. „Ich glaube, es ist ihr gleichgültig, dass er so viele Jahre älter ist als sie."

„Wie konnte mir das entgehen?"

„Weil du keine romantische Natur hast."

Sie nickte. „Das stimmt wohl. Ich sollte der Sohn sein, den Papa nie bekam."

Er zog sie ein letztes Mal in seine Arme. „Ich bin sehr dankbar, dass du *kein* Sohn geworden bist."

„Wir müssen uns beeilen. Sie werden auf uns warten. Oh, Liebster, es muss eine Möglichkeit geben, wie wir sie zusammenbringen können. Für immer."

Jack hob nur die Schultern.

* * *

Trotz der Tatsache, dass es eine der kältesten Nächte war, denen er sich je ausgesetzt gesehen hatte und sie in einem offenen Schlitten saßen, wo der kalte Wind es fast unmöglich machte, sich aufzuwärmen, konnte Oberst Bond sich nicht vorstellen, wo er lieber gewesen wäre. Die Decke, die über seinen und Miss Huntingtons Beinen lag, bot etwas Wärme - was mehr war, als er von seinen feinen Lammlederhandschuhen behaupten konnte. Seine Hände waren verdammt kalt.

Hauptmann Dryden und seine Frau, die sich gegenüber dem Oberst und Miss Huntington zusammenkuschelten, hätten nicht glücklicher aussehen können, wenn sie durch einen Frühlingstag gefahren wären. Wie glücklich sie waren, einander zu haben.

Anders als er. Er würde vermutlich als einsamer alter Mann sterben.

Dann richtete Lady Daphne ihre Aufmerksamkeit auf Miss Huntington. „Mama sagte mir, dass sie einen Brief von Ihrer Mutter erhalten hätte, wo sie ihrem Wunsch Ausdruck verleiht, dass Sie sofort nach St. Petersburg kommen sollen."

Der Oberst fühlte sich, als hätte eine Gewehrkugel ihn getroffen. Er fuhr zu seiner jungen Begleiterin herum.

Ihr Gesicht sah ebenso entsetzt aus, wie er es war.

„Liebe Güte", sagte Lady Daphne. „Ich sehe, dass Sie sich über diese Nachricht nicht freuen."

Die Wimpern der armen Miss Huntington senkten sich. „Ich kann nicht sagen, dass ich überrascht wäre."

Im Versuch zu verhindern, dass die liebe junge Dame in Tränen ausbrach, wollte der Oberst das Thema wechseln. „Es war sehr freundlich von Ihren Eltern, Lady Daphne, ihr schönes Heim zu Weihnachten für uns zu öffnen. Es ist wohl das größte Haus, in dem ich je zu Gast war. Wie viele Zimmer haben Sie?"

Lady Daphne zuckte die Schultern. „Wir haben einmal versucht, sie zu zählen, haben aber bei zweihundert aufgehört, weil wir nicht feststellen konnten, ob wir begonnen hätten, einige doppelt zu zählen. Ich muss zugeben, es sind eine Menge Zimmer."

Sie sausten durch die jetzt weiße Parklandschaft von Addersley, das einzige Geräusch war das Gleiten der Schlittenkufen durch den eiskalten Schnee oder das Platschen, wenn Schneemassen von den Zweigen der Bäume herabfielen.

„Es ist gemein kalt", sagte der Hauptmann schließlich.

„Ich genieße es sehr", sagte Miss Huntington. „Aber mein Muff wärmt meine Hände wundervoll."

Aller Augen richteten sich auf ihren Muff.

Sie schaute ihn an. „Es ist viel Platz darin. Wollen Sie sich meinen Muff nicht mit mir teilen?"

„Oh, das geht nicht."

„Soll das heißen, dass Ihre Hände warm sind?", fragte Miss Huntington herausfordernd.

„Wenn ich das sagte, würde ich lügen."

„Sie müssen meinetwegen nicht tapfer sein", sagte sie. „Sie haben mir Ihre Tapferkeit schon gründlich bewiesen."

„Seien Sie nicht albern", schalt Lady Daphne ihn. „Sie können sehen, dass in ihrem Muff jede Menge Platz für Ihre Hände ist."

„Anscheinend bin ich dickköpfig", sagte der Oberst.

Miss Huntington rutschte ein bisschen näher zu ihm und schob die Hälfte ihres großen Muffs auf seinen Schoß. Er steckte seine Hände hinein und spürte sofort die Wärme. Er schaute sie an. „Danke. Sie haben wesentlich zu meinem Wohlbefinden beigetragen."

Ihre zarte, in einem Handschuh steckende Hand, streichelte seine. „Es ist mir ein Vergnügen, mein lieber Oberst."

Sie hielten sich weiter an den Händen. Das berührte ihn weit mehr, als die sinnlichste, spärlichst bekleidete arabische Tänzerin es je vermocht hatte.

Es war auch völlig anders. Auch wenn Miss Huntington ihn physisch sehr anzog, ergriffen die Gefühle, die sie ihn ihm aufsteigen ließ, doch seinen Kopf und sein Herz. Was er für sie fühlte, war rein. Sie war die Frau, die er mit seinem ganzen Leben beschützen wollte. Sie war die Frau, deren Wohlergehen ihm mehr bedeutete, als seine ihm früher so überaus wichtige Karriere. Sie war die Frau, die er für den Rest seiner Tage auf der anderen Seite des Frühstückstischs sehen wollte.

Beim Jupiter, er war in sie verliebt!

Und diese Erkenntnis ließ ihn sich mehr wie ein Jüngling fühlen, der vor seinem ersten Liebeserlebnis förmlich übersprudelt.

Lady Daphne wies ihren Kutscher an, zu den Ställen zu fahren, und als sie dort ankamen, sagte sie: „Sie beide sehen endlich aus, als wäre Ihnen warm. Ich möchte nicht, dass Sie aufstehen, aber ich wollte Jack das neue Fohlen zeigen. Wir sind vermutlich nur für fünf Minuten fort." Sie und Jack kletterten aus dem offenen Schlitten. „Halten Sie sich warm", sagte sie zu ihnen.

Der Oberst wandte sich der Frau zu, in die er sich verliebt hatte. „Ich bedaure es sehr zu erfahren, Miss Huntington, dass Sie nach St. Petersburg gehen werden."

Sie drückte wieder seine Hand. Gott im Himmel, hatte die Dame eine Ahnung, was sie mit ihm machte? „Ich werde Sie vermissen, Oberst."

Sein Herz schlug dröhnend. „Ich vermute, dass Sie mich für einen väterlichen Freund halten." Er hielt den Atem an, während er auf ihre Antwort wartete.

„Ich sehe zwar zu Ihnen auf, aber ich denke an Sie *nicht* wie an einen Vater."

Durfte er hoffen? „Meinen Sie ... wenn Sie heiraten ... dass der glückliche Mann ... auch ... älter sein dürfte?"

Die wundervolle kleine Kokette drückte wieder seine Hand! „Das hoffe ich."

Er zog seine Hände aus dem Muff, riss sie in seine Arme und legte zärtlich seine Lippen auf die ihren. Nach dem Kuss hielt er sie fest und murmelte: „Ich wäre der glücklichste Mann in allen drei Königreichen, wenn Sie zustimmen würden, meine Frau zu werden." Er war schon der glücklichste Mann in allen drei Königreichen.

„Ich bin die glücklichste Frau in allen drei Königreichen." Sie hob die Hand, um sein Gesicht zu streicheln. „Ich liebe dich."

Sein Puls raste. „Ich liebe dich auch, meine liebste Charlotte."

Sie waren wieder dabei, sich zu küssen, als die Drydens zum Schlitten zurückkehrten.

„Bitte sagen Sie mir, dass Sie etwas anzukündigen haben", sagte Daphne, als sie sich auf die Bank dem frisch verlobten Paar gegenüber niederließ.

Miss Huntington kicherte tatsächlich. Und diesmal machte es ihm überhaupt nichts aus, dass diese junge Frau, die ihm solche Ehre erwies, kicherte. „Hugh hat mir die Ehre erwiesen, mich um meine Hand zu bitten."

Hugh? Er war sich nicht einmal bewusst gewesen, dass Charlotte seinen Vornamen kannte.

„Das ist wirklich das allerschönste Weihnachtsfest", sagte Daphne.

Er war völlig ihrer Meinung.

* * *

Später in dieser Nacht standen sie im alten Schlafzimmer seiner Frau vor dem Fenster und schauten auf die weiße Landschaft hinaus, die sich so weit erstreckte, wie sie schauen konnten. Jack zog sie in seine Arme. „So, du raffiniertes Frauenzimmer, jetzt hast du auch noch die Kuppelei der Liste deiner Fähigkeiten hinzugefügt."

„Ich muss zu meinem Bedauern sagen, dass meine Fähigkeiten auf diesem Gebiet noch verbessert werden müssen. Ich hatte nicht einmal den Verdacht, dass diese beiden dabei waren, sich zu verlieben."

„Aber nachdem ich dich darauf aufmerksam gemacht hatte, hast du eines deiner größten Talente angewendet."

Sie sah in sein Gesicht auf. „Und das wäre?"

„Wie soll ich das dezent ausdrücken? Deine Fähigkeit ... harmlose, kleine Notlügen zu erfinden."

Sie seufzte. „Ich vermute, darin bin ich besonders gut."

„Wirst du ihnen erzählen, dass es kein Fohlen gab, dass du sie nur ein paar Minuten alleine lassen wolltest?"

„Das habe ich noch nicht beschlossen."

Er schaute sie schräg an. „Und hat deine Mutter wirklich einen Brief von Mrs. Huntington bekommen?"

Sie schüttelte den Kopf. „Das war doch ein brillanter Zug von mir, meinst du nicht?"

„Ja. Meine Frau ist die brillanteste aller Lügnerinnen." Er ließ sie los. „Erlaube mir, dir dein Weihnachtsgeschenk zu holen, meine Liebste. Neben der umwerfenden Halskette, die dein Vater deiner Mutter schenkte, fürchte ich, wird meines schrecklich dürftig aussehen." Er schluckte. „Aber für mich ist es sehr wertvoll, weil es meiner Mutter gehört hat."

Er zog eine blaue Samtschachtel aus der Schublade einer Kommode und gab sie ihr.

Sie öffnete sie und wie bei ihrer Mutter früher am Abend füllten Daphnes Augen sich mit Tränen. „Die Perlen deiner Mutter! Sie sind wunderschön." Als sie ihn ansah, rann eine Träne über ihre Wange. „Das bedeutet mir mehr als alles andere, was ich besitze, außer meinem Ehering."

Er zog sie in seine Arme. „Sie werden wundervoll an dir aussehen."

„Oh, Liebster, unser erstes gemeinsames Weihnachtsfest hätte nicht perfekter sein können."

„Ich kann nur noch an eines mehr denken ..." Sein Blick glitt zu dem großen Bett hinüber, das mit Vorhängen aus gelber Seide verhängt war.

Sie schmiegte sich an ihn und sagte heiser: „Nur dieses eine Mal, wo niemand uns hört, muss ich sagen, dass du brillant bist." Und sie küsste ihn begierig.

Ende

Die Reihe: Im Auftrag des Regenten

Mit der Hilfe seiner Lady (Buch 1, Im Auftrag des Regenten)

Der Prinzregent heuert Wellingtons besten Spion, Hauptmann Jack Dryden, an, um herauszufinden, wer ihn zu ermorden versucht. Aber um sich in den höchsten Kreisen der feinen englischen Gesellschaft tummeln zu können, muss der überaus gutaussehende Spion eine Verlobung mit der ausgesprochen unscheinbaren alten Jungfer, Lady Daphne Chalmers, vortäuschen. Während die Ermittlungen dieses unwahrscheinlichen Paares tiefer gehen, vertieft sich auch ihre gegenseitige Anziehung.

Eine äußerst diskrete Ermittlung (Buch 2, Im Auftrag des Regenten)

Es fing ganz unschuldig an, als Lady Daphne Chalmers' herzogliche Schwester zu ihrer detektivisch veranlagten großen Schwester kam, weil sie Hilfe brauchte, um die Liebesbriefe, die sie an den inzwischen verstorbenen Major Styles geschrieben hatte, wiederzubekommen. Aber als Daphne und ihr Liebster, Hauptmann Jack Dryden von den Husaren Seiner Majestät sich zusammentun, um die Briefe zu finden, geraten sie auf einen Weg von Verrat und Mord, der das gesamt Königreich bedroht.

Diebstahl vor Weihnachten (Buch 3, Im Auftrag des Regenten)

Da der Diebstahl des Michelangelo des Regenten das Potenzial hat, einen internationalen Zwischenfall zu verursachen, glaubt dieser, dass die beste Aussicht, ihn vor dem Weihnachtsabend wiederzubeschaffen, darin besteht, seine besten Ermittler herbeizurufen: Hauptmann Dryden und dessen Frau, Lady Daphne.

Eine ägyptische Affäre (Buch 4, Im Auftrag des Regenten)

Auch, wenn Hauptmann Jack Dryden sein Leben für den Regenten geben würde, ist bei ihm doch die Grenze dort erreicht, wo es darum geht, seine Frau in den dunklen Gassen Kairos in Gefahr zu bringen - an dem Ort, wo der Freund und Einkäufer von Antiquitäten für den Regenten verschwunden ist ...

Cheryl Bolen Biografie

Cheryl Bolen ist eine New York Times- und USA Today-Bestsellerautorin und hat mehr als zwei Dutzend historischer Liebesromane geschrieben, von denen die meisten in der Regency-Zeit spielen. Ihre Bücher wurden in acht Sprachen übersetzt und erlangten Platzierungen in verschiedenen Schreibwettbewerben, so etwa auch im Daphne du Maurier Wettbewerb. 1999 wurde Cheryl als "Notable New Author" ausgezeichnet und gewann im Jahr 2006 die Holt Medallion in der Kategorie "Bester historischer Kurzroman". 2012 gewann sie den International Digital Award – eine Auszeichnung speziell für E-Bücher – im Bereich "Bester historischer Roman", und im Jahr darauf erzielte eine ihrer Novellen den ersten Platz in der Kategorie "Beste historische Novelle". Zahlreiche ihrer Bücher wurden zu Bestsellern bei Barnes & Noble und auf Amazon.

Sie ist eine ehemalige Journalistin mit einer Faszination für tote englische Damen und schreibt regelmäßig Beiträge für The Regency Plume, The Regency Reader und The Quizzing Glass. Viele ihrer Artikel kann man auch auf ihrer Webseite (www.CherylBolen.com) finden sowie auf ihrem Blog (www.CherylsRegencyRamblings.wordpress.com), wo sie ihre aktuellen Artikel einstellt. Leser sind an beiden Orten ganz herzlich willkommen.